SVL

Was braucht ein gestandener italienischer Kriminalkom
missar, um ins Plaudern über seine Fälle zu geraten?

Ein ordentliches Glas Wein, eine dampfende Polent
mit einem Spezzatino in umido – und einen guten Freund
dem man ein Geheimnis anvertrauen kann. Zum Glück is
dieser Freund der Schriftsteller Mario, der die verwunder
lichsten Geschichten für uns aufschreibt.

Und schon fängt der Maresciallo an zu philosophie-
ren: von gewöhnlichen Verbrechern, die er zwar ins Gefängnis stecken muß, damit sie keinen weiteren Schaden
anrichten, die ihm aber meist leid tun; von der drallen,
blonden Österreicherin, die ihren viel älteren Mann mit
Arsen in der Zahnpasta vergiften will; vom Carabiniere,
der sich in eine Dompteuse verliebt und in der Verwirrung
ihren Löwen erschießt.

Und weil er sich so gut in die Seele derer zu versetzen
vermag, die er zur Strecke bringen soll, löst er selbstverständlich alle Fälle – nicht ohne im Inneren zu wissen,
daß er zu der einen oder anderen Schurkerei selbst fähig
wäre.

MARIO SOLDATI
Die Fälle des Maresciallo

Aus dem Italienischen
von Catherine Rückert

Verlag Klaus Wagenbach   Berlin

Inhalt

DAS ANDENKEN

Am späten Montagabend habe ich in der Stadt, deren Justizabteilung er jetzt leitet, mit meinem alten Freund, dem Maresciallo Gigi Arnaudi im ›Tre Ganasce‹ gegessen. Er kommt
aus meinem Dorf und hat mit mir den Militärdienst bei den
Carabinieri absolviert.

Wie immer, wenn wir uns wiedersehen (was leider so selten vorkommt!), berührt unser lebhaftes Gespräch der Reihe
nach alle gemeinsamen Interessen: unsere Familien, die
Freunde, die Arbeit, die Politik, den Wein, den Sport... Diesmal beklage ich mich – vielleicht wegen einer Abendzeitung,
die ein Gast auf dem Nebentisch liegengelassen hat, mit Rie-
senlettern und Photo auf der ersten Seite – über die ständige,
scheinbar unaufhaltsame Zunahme der Autounfälle. Alltägli-
che, altväterliche, gutbürgerliche Klagen, und dazu in einem
Provinzgasthaus. Aber es ist mir so angenehm, mich bürgerlich zu fühlen, wenn ich in Gigis Gesellschaft bin!

Und was heißt überhaupt bürgerlich? Ich hatte eine plötzliche, vielleicht doch auf der Hand liegende Eingebung; aber
davon sagte ich Gigi nichts, ich behielt sie für mich. Welcher
Unterschied – so überlegte ich – besteht denn in den fortge-
schrittensten Ländern angesichts des Neokapitalismus, oder
besser gesagt des industriellen Neofeudalismus, noch zwischen bürgerlich und proletarisch? Hat sich bei uns nicht
vielleicht die Stellung des Maresciallo der Carabinieri, des
Kriminalkommissars – auch wenn er vor allem ein Hüter der
Ordnung bleibt – verändert, ohne daß wir es gemerkt haben? Es sei denn, der Staat verliert unglücklicherweise seine
Schlacht gegen die großen Feudalherren. Aber ich bin Opti-
mist. Ich glaube, es wird sich eine Lösung finden. So, wie
man irgendeinen elektronischen Mechanismus erfinden wird,

ein Hexenwerk, das die Autos daran hindern wird, zusammenzustoßen oder gegen ein Hindernis zu fahren.

Diesen Gedanken teilte ich Gigi mit. Und merkte, daß er an etwas ganz anderes dachte. Vielleicht hat er nicht einmal gehört, was ich gesagt habe. Seine strengen blauen Augen hinter der Brille mit Goldrand starrten ins Leere, über die beiden dunklen Flaschen Val Tidone hinaus. Er kratzte sich an seinem teils schon kahlen Schädel und sagte: »Was die Autounfälle betrifft: Habe ich dir nie davon erzählt, was mir vor Jahren zugestoßen ist, als ich noch in C. war?«

C., das Dorf nicht weit von der Po-Mündung, in dem Gigi Maresciallo gewesen war und wo ich ihn auch besucht hatte: Oh, die Aalgerichte, die es dort gab! Nein, er hatte mir nichts von dem Erlebnis erzählt. Jedenfalls erinnerte ich mich nicht daran.

Gigi blickte um sich. Die alten Räume, einer neben dem andern, mit Säulen und Bogen abgetrennt, waren leer. Das bläuliche, düstere Neonlicht wurde von den weißen Tischtüchern zurückgeworfen. Im dunkeln Hintergrund zitterte, wie in einer Höhle, der graue Bildschirm eines plappernden Fernsehers, der demnächst auszugehen schien, einem spärlichen Kaminfeuer nicht unähnlich. Der Wirt und zwei Gäste, die davor saßen, waren eingenickt. Sie konnten bestimmt nichts hören. Vorsichtshalber sprach aber Gigi doch etwas leiser:

»Es war im Winter. Eine Kälte wie am Nordpol. Tage wie jetzt. Der Boden war hartgefroren, mit Reif bedeckt. Die Kanäle vereist. Ein Wetter, bei dem man mehr ißt, mehr trinkt, mehr schläft; du weißt ja, wie es ist. Natürlich immer nur, wenn es DIENSTLICH zu verantworten ist…«

(Anmerkung für den Leser: Ich habe das Wort »dienstlich« nicht aus einer Laune heraus groß geschrieben, sondern weil Gigi es so ausspricht, denn für ihn ist es immer das heiligste aller Wörter gewesen, einige andere, die heutzutage keinen Sinn mehr haben, inbegriffen.)

»… so daß ich also an jenem Tag, als der Dienst es zuließ, gegessen, getrunken, geraucht hatte. Und um fünf Uhr nachmittags schlief ich noch immer wie ein Dachs…«

(Noch eine Anmerkung. »Wie ein Dachs«: Gigi spricht eben so. Seine genauen, passenden, altertümlichen Ausdrükke gehören zu einer Welt, die für uns tot und begraben ist, aber für ihn nicht. Die Folge – zweifellos – eines fast vollständig auf dem Land, in den Weilern oder Dörfern der Po-Ebene verbrachten Lebens – erst vor kurzer Zeit war Gigi in eine große Provinzstadt versetzt worden. Die Folge aber auch seines Berufes. Wenn einer ihn mit Ernsthaftigkeit ausübt, läuft es immer darauf hinaus, daß er sich von den anderen isoliert, daß er in einer Zeit verhaftet bleibt, die nicht verstreicht und die ideale Zeit der Gerechtigkeit ist: gleichsam unter der Glasglocke der gebotenen und beruflichen Unparteilichkeit und im Stil der Protokolle und Zeugenaussagen.)

»Ich schlief. Da weckt mich der Posten: Ein dringender Telefonanruf von der Tankstelle an der Straße nach Adria. Man hat einige Kilometer entfernt einen umgestürzten, im Graben liegenden Wagen gefunden. Es gibt Blutspuren, aber das Auto ist leer. Aus den Papieren geht hervor, wem es gehört; es gehört... den Namen kann ich nicht sagen, nicht einmal dir. Kurz und gut, es handelt sich um eine in der ganzen Gegend bekannte Persönlichkeit, die ich auch selbst sehr gut kenne, einen Kleinindustriellen, der unter anderem eine hübsche Schnapsbrennerei besitzt. Um die fünfundvierzig, fünfzig. Intelligent, gebildet, tüchtig und dazu sympathisch, ein netter Kerl. Der Familie zugetan, seinen zwei kleinen Söhnen und seiner Ehefrau, die er verehrt. Er hat, so munkelt man, nur einen Fehler. Wohlgemerkt: Man munkelt! Mir ist jedenfalls nicht bekannt, daß er je Anlaß zu einem Skandal gegeben hätte. Und wenn es nicht zu einem Skandal kommt, dann ist jener Fehler für mich kein Fehler mehr, sondern – offen gesagt – eher ein Beweis seiner Lebenslust, seiner Großzügigkeit und vieler anderer schöner Dinge. Er liebt die Frauen sehr.

Gut, sage ich am Telefon zu dem an der Tankstelle, wenn im Wagen oder in dessen Nähe keine Toten oder Verletzten liegen, ist das ein gutes Zeichen; dann ist eben Signor ... Signor Soundso – ich sage den Namen des Industriellen –

oder wer sonst am Steuer seines Wagens gesessen hat, nur leichtverletzt gewesen und hat sich von jemandem mitnehmen lassen. Er wird wohl im Krankenhaus von Adria sein. Aber kaum habe ich eingehängt, ruft mich der andere wieder an. Es ist eine Leiche gefunden worden. Ein paar hundert Schritte vom umgestürzten Wagen entfernt. Mitten auf einem Feld, hinter einer Reihe von Bäumen, die den Körper verdeckten. Es ist jemand dort, der ihn kennt: Es sei tatsächlich der tote Industrielle. Ich sage, man solle ihn nicht anrühren, nehme den Schreiber mit und springe in den Jeep. Zehn Minuten später bin ich an Ort und Stelle. Als ich die Wache verließ, kam mir spontan der Gedanke, die Frau des Industriellen anzurufen. Auch sie kannte ich persönlich und sehr gut. Aber ein anderer, stärkerer Instinkt sagte mir, es sei besser, zuerst eine Besichtigung vorzunehmen – mit eigenen Augen und allein. Wehe, wenn ich anders gehandelt hätte. Es war ein Glück. Was willst du, unser Beruf ist nun einmal so. Manchmal hängt alles von einer scheinbar unbedeutenden Entscheidung ab.

Um sich über die Ursache des Unfalls klar zu werden, brauchte man kein Sachverständiger zu sein. Die Straße war an jener Stelle eine einzige Eisfläche. Sie wies bis zu dem Punkt, wo das Auto vom Damm gerutscht war, Brems- und Schleuderspuren auf. Er wollte vielleicht einen Lastwagen überholen, einem Motorrad ausweichen…, er fuhr gut, aber gern etwas schnell – und einen Sportwagen mit hochgezüchtetem Motor. Genug, der Unfall war tragisch, doch er hatte nichts Seltsames an sich. Seltsam hingegen, sehr seltsam war die Stelle, an welcher der Tote gefunden worden war.

Wie ich angeordnet hatte, war er weder umgedreht noch weggetragen worden. Er befand sich tatsächlich etwa hundert Schritte vom Wagen entfernt. Mit dem Gesicht auf dem vereisten Boden liegend, quer über den Wurzeln eines Baumes: einer Weide in der langen, im rechten Winkel von der Straße weg zum Abflußkanal führenden Reihe. Es war klar, daß der arme Kerl versucht hatte, sich mit einer Hand oder auch mit beiden am Baum abzustützen, daß er so nach vorn geglitten war und, mit dem Mund auf dem Boden, sein Leben ausgehaucht hatte. Der Tod mußte, wie nachträglich die Untersuchungen der Ärzte in Rovigo ergaben, eine Stunde, höchstens anderthalb Stunden vorher eingetreten sein. Es war durchaus möglich, daß der Mann noch lebte, als der Wagen bemerkt wurde und sich Leute darum sammelten, er lag dort drüben, nicht weit weg, hätte er Hilfe erhalten, hätte er womöglich gerettet werden können. Wer weiß. Manchmal muß ich daran denken, es läßt mir keine Ruhe. Nicht wegen der rätselhaften Umstände – die habe ich glücklicherweise aufdecken können –, nein, wegen des erbärmlichen Endes, wegen der Qual, die er in jenen letzten Minuten ausgestanden hat. Er war ein so anständiger Mensch!

Rätselhaft war folgendes: Weshalb, aus welchem Grund nur, hatte er sich, so schwer verletzt, vom Auto entfernt? Doch gewiß nicht in der Absicht, Hilfe zu suchen; da wäre er ja zur Straße gegangen. Oder angenommen, er hätte keine Kraft mehr gehabt, auf den Damm hinaufzuklettern, dann hätte er ihn wenigstens entlanggehen können, um zu sehen und gesehen zu werden, falls auf der Straße jemand vorbeifuhr. Doch nein, er war schräg übers Feld gezogen. Blutstropfen auf dem vereisten Boden zeigten genau den zurückgelegten Weg an. Als hätte die einzige Absicht des Unglücklichen darin bestanden, jenen Baum zu erreichen.

Ich betrachtete schweigend die Leiche und konnte mich nicht entschließen, wegzugehen oder den Schreiber die Ambulanz rufen zu lassen. Ich wollte begreifen.

Plötzlich fiel mir eine Einzelheit auf, der ich vorher keine Bedeutung beigemessen hatte. Die Leiche lag nicht mit den Füßen zur Straße, der Industrielle war nicht vom Auto herkommend zu Boden gestürzt, sondern lag mit dem Kopf zum Wagen. Genau dies war übrigens der Grund gewesen, weshalb man ihn so spät entdeckt hatte. Diejenigen, welche beim Unfallwagen gestanden hatten, schauten, da sie niemanden sahen, rundherum. Wenn die Leiche nicht hinter, sondern vor der Baumreihe gewesen wäre, hätten sie sie sofort gesehen. Das Land ist dort topfeben. Gewiß, es konnte auch sein, daß er den Baum erreicht hatte, daß es ihn sozusagen umgedreht hatte und er – vielleicht nach vergeblichem Versuch, sich festzuhalten – hingefallen war, mit dem Kopf gegen die Straße. Aber weshalb ging er überhaupt zu den Bäumen, und gerade zu jenem Baum?

Ich selbst kehrte zum Wagen zurück und versuchte, die gleiche Strecke wie er zurückzulegen und dabei vor mich hin zu schauen, so wie er geschaut haben mußte. Ich ging langsam, warf immer wieder einen Blick auf die Blutspuren – und dachte, dachte nach, so scharf ich konnte. Außergewöhnlich war immerhin die Tatsache, daß die Spuren einer derart geraden Linie folgten. Es deutete alles darauf hin, daß jener Baum sein Ziel gewesen war.

Ich schritt langsam. Es ging schon gegen Abend. Der Tag war heiter, wolkenlos gewesen, wie immer, wenn es so kalt ist. Der Himmel hatte jene Farbe, die keine mehr ist – zwischen grau, violett und blau –, einen Augenblick lang vergaß ich, daß ich nur ein armer Maresciallo war und zudem im Dienst, und für einen Moment stellte ich mir vor, auch ein Dichter oder Schriftsteller zu sein, und genau in diesem Moment, glaube ich, fielen mir zwischen den Weiden hindurch, um weniges heller als der Himmel, die beiden quadratischen Türme beim Abflußkanal auf. Sieh da, sagte ich mir fast automatisch, man könnte wirklich meinen, er habe dorthin gehen wollen. Aber weshalb?

Da kam mir ein Gedanke, noch undeutlich, unbestimmt – ich würde vielleicht besser sagen: eine Ahnung. Ich befürchte, sie dir nicht gestehen zu können.«

»Weshalb?« fragte ich.

»Ach, lassen wir das. Jedenfalls war jene Ahnung entscheidend. Als ich beim Baum und bei der Leiche war, blickte ich auf den Boden rundum, wie um etwas zu suchen: Ich sah, daß die Spuren noch weiter führten. Ich folgte ihnen. Sie liefen geradewegs zum Kanal. Die Vermutung, die ich gehabt hatte, stellte sich als richtig heraus. Er war tatsächlich auf dem Weg zurück zum Auto, und er war beim Baum hingestürzt.

Die Spuren endeten beim Mäuerchen unmittelbar neben dem Kanal. Ich schaute hinein. Er war vereist, und mittendrin – doch kaum sichtbar – ein kleines schwarzes Viereck.«

»Was war das?«

»Auf diese Entfernung und bei dem spärlichen Licht, das noch geblieben war, ließ sich das nicht feststellen. Man konnte nur ahnen. Man mußte es erfühlen. Nein ... lach nicht, das ist so. Ich bin davon überzeugt: Hätte ich nicht zuvor jene seltsame Ahnung gehabt, von der ich sprach, hätte ich das kleine schwarze Viereck überhaupt nicht gesehen.«

»Aber was war es denn, Gigi?«

»Heute wäre ich vielleicht nicht mehr dazu fähig. Aber ich war damals jünger. Es sind eben seither beinahe zehn Jahre vergangen. Und in unserem Alter sind zehn Jahre viel. Ich war jedenfalls allein. Der Schreiber stand drüben als Wache bei der Leiche – und die andern bei ihm. Ich bin übers Mäuerchen gestiegen und habe mich auf die Böschung hinabgelassen. Es brauchte schon etwas Mut. Eine falsche Bewegung, und ich konnte ausgleiten, aufs Eis fallen, es eindrücken und im Kanal enden. Ich sage nicht: krepieren. Aber ein Bad in jenem Eiswasser wäre bestimmt nicht ratsam gewesen. Und außerdem: Wenn ich ins Eis eingebrochen wäre, Brieftasche ade ...«

»Ach, eine Brieftasche war es?«

»Natürlich. Und er hatte sie in den Kanal geworfen, ohne hinzuschauen. Ohne daran zu denken, daß der Kanal vereist sein konnte. Du kannst dir nicht vorstellen, mit welcher Mühe ich sie heranholte. Zum erstenmal habe ich den Säbel vermißt, den man früher auch im Dienst trug. Die Zweige, die ich vom Ufer losriß, waren alle zu weich, oder sie waren zu kurz, oder zu trocken, so daß sie in unzählige Stücke brachen. Endlich, nachdem ich mit dem Taschenmesser einen ganzen Strauch an der Wurzel abgeschnitten und als eine Art Zange verwendet hatte, gelang es mir.

In der Brieftasche befand sich außer einigen Zehntausendern, einem Scheckbuch und dem Führerschein im innersten Fach eine Photographie. Ich habe sie herausgenommen. Und ich habe nie jemandem etwas davon gesagt. Seit zehn Jahren bist du der erste, dem ich davon erzähle. Ich habe der Justizbehörde mit dem Protokoll die Brieftasche ohne die Photografie übergeben. So hat die Behörde sie dann an die Frau des Verunglückten weitergegeben.«

»War es das Bild einer Frau?«

»Ich habe es nicht zerrissen. Zum Glück hatte es eine Widmung: mit dem Namen, seinem Vornamen, und dem Anfangsbuchstaben des ihren. Er hieß Carlo. Falls meine Frau das Bild bei mir gefunden hätte, hätte ich ihr die Geschichte erzählt. Ich habe es noch immer.«

Er griff an seine Jacke und schaute um sich. Der Fernseher flimmerte nicht mehr. Die kleinen Räume des Gasthauses waren alle dunkel, außer dem unsrigen. Die Neonröhre in der Mitte der Decke verbreitete über uns ein Licht wie in einer Krypta oder einem Leichenhaus. Langsam zog er die eigene Brieftasche hervor und entnahm ihr die Photographie. Seine blassen, mageren Hände zitterten leicht. Am Ringfinger erglänzte das Gold des Eherings.

Es war eine junge, dunkle Frau, schön und wohlgeformt, im Badeanzug, lachend, auf einem Steinmäuerchen ausgestreckt, im Hintergrund das Meer, der Himmel und eine wilde, felsige Gegend. Capri? Ischia? Die Widmung lautete: *Für Carlo. Damit ich immer bei Dir bin, so wie Du in meinem Herzen bist. G. August* 1949.

»Jetzt zerreißen wir sie«, sagte ich.

»Das hatte ich auch im Sinn«, sagte Gigi.

Wir verbrannten sie im Aschenbecher, mit zwei Streichhölzern.

Nach langem Schweigen sagte ich: »Aber das plötzliche und entscheidende Gefühl, das dich dazu trieb, auf dem Boden zu suchen?«

»Nun... ich schritt seinen eigenen Weg vom Auto zu den Bäumen nach. Ich hatte mich in ihn hineinversetzt: schwerverwundet, Angst, von einem Augenblick auf den andern zu sterben oder zumindest das Bewußtsein zu verlieren. Nun...

da habe ich eben an meine Verhältnisse gedacht. Wohlverstanden, ich habe nie Dokumente bei mir getragen, die mir in einem solchen Fall hätten schaden oder meine Frau und meine Kinder betrüben können. Aber Erinnerungen im Herzen schon.«

Er nahm seine Brille ab und begann sie mit dem Taschentuch langsam zu putzen. Seine strengen blauen Augen schienen verwirrt – wie diejenigen aller Kurzsichtigen, wenn sie keine Brille tragen. In jener Verwirrung leuchtete jedoch eine geheime Milde auf. Er murmelte: »Ich bin zwar Maresciallo bei den Carabinieri. Aber auch ich bin ein Mensch.«

DIE SCHÖNEN ZÄHNE
DES SIGNOR DINO

»Welches ist die schlimmste Geschichte, die du erlebt hast?«
fragte ich kürzlich Gigi. Ich stellte ihm die Frage überraschend; wir saßen am Abend vor dem Kamin und warteten
darauf, daß Maria die Polenta brachte. Auch sein Besuch war
für mich überraschend gekommen. Da ich ihn würdig emp-
fangen wollte, hatte ich ein großes Feuer angezündet und
Polenta bestellt. Und nun mußten wir eben warten. Er be-
täubte den Hunger mit köstlich frischen, weichen Pferde-
jagdwürsten – einem Meisterwerk von Mainelli aus Oleggio.
Ich, der ich nicht Carabiniere gewesen bin und deshalb im
selben Alter wie Gigi nicht dieselbe gute Gesundheit habe,
tröstete mich mit einer anderen, ebenfalls von Mainelli stam-
menden Wurst aus ganz feinem gekochtem Gänsefleisch.

»Die schlimmste Geschichte? Was meinst du denn mit
schlimm? Da könnte man sie ja nicht einmal erzählen…«

»Schlimm im moralischen Sinne: die häßlichste, nieder-
trächtigste Straftat, die du hast aufdecken können.«

Gigi hatte die Wurst aufgegessen. Er putzte mit der Servi-
ette sorgfältig das Taschenmesser aus Nickel, das ich ihm vor
vielen Jahren einmal geschenkt hatte, klappte es zusammen
und legte es auf den Tisch. Dann begann er zu erklären:

»Eine Straftat ist jede Verletzung des Gesetzes. Man un-
terscheidet zwischen Verbrechen und Zuwiderhandlung, je
nach der vom Gesetzbuch vorgesehenen Strafe. Schlimme
Verbrechen, elende, erbärmliche, die einem um der ganzen
Menschheit willen das Herz beklemmen … ach, leider gehört der allergrößte Teil derjenigen, die in unserer Gegend
verübt werden, zu dieser Sorte. Die edleren – oder sagen wir:
die weniger gemeinen – Beweggründe wie Ehre, Leidenschaft, Eifersucht, abgewiesene Liebe trifft man sehr selten.

Man könnte sie an den Fingern abzählen. Und wenn du die Verbrechen ausschließt, die aus Verrücktheit oder auf Grund einer plötzlich in Wahnsinn umgeschlagenen Neurose verübt wurden, was immer häufiger vorkommt, dann ist das Ziel der allermeisten Verbrechen nur das eine: Geld, Profit. So sind die Dinge in Wirklichkeit; diese Beobachtungen habe ich während der vierzig Jahre gemacht, die ich nun Carabiniere bei uns auf dem Land, in kleinen Ortschaften und Städtchen bin. Stell dir vor: Seit dem vierten Oktober dieses Jahres leiste ich nun erstmals regelmäßig Dienst in einer großen Provinzhauptstadt. In unseren ländlichen Gegenden, im Piemont wie in der Emilia, an den Seen wie an der Po-Mündung ... ich nenne dir die Orte, wo ich gewesen bin ... habe ich mich – das kann ich wohl sagen – vor allem mit jeglicher Art von Betrügereien und Diebstählen herumgeschlagen, dann mit simpler Erbschleicherei, mit Verleumdungen, die zum Beispiel eine enge Verbindung verhindern wollten, mit Morden, die unglaublich langsam und mit widerlicher Geduld verübt wurden. Aber die schrecklichste Tat, an die ich mich erinnere, ist zweifellos diejenige, die vor etwa fünfzehn Jahren eine Fremde, eine Österreicherin, am Ortasee vollbracht hat.

Ich war soeben zum Maresciallo des Seestädtchens ernannt worden. Die Kaserne war einige Kilometer weit entfernt: im Gebiet von Legro, in der Nähe des Bahnhofs. Ich war für eine Menge kleinerer Dörfer, Ortsteile und Ansammlungen von Häusern und Villen am Seeufer und am Hügel verantwortlich – Kilometer, die ich in den ersten Monaten, als mir noch kein Jeep zur Verfügung stand, seelenruhig mit dem Fahrrad zurücklegte. Bergauf war's allerdings nicht zum Lachen, das muß ich sagen.

Ich hatte mich kaum richtig eingelebt, das heißt, ich war erst vor wenigen Monaten angekommen, als ich eines schönen Morgens von der Post einen seltsamen Brief erhielt. Natürlich weiß ich ihn nicht auswendig, aber er lautete ungefähr so:

›*Lieber Maresciallo,*

ich schreibe Ihnen im geheimen und weiß nicht einmal, ob es mir gelingen wird, diesen Brief einzuwerfen. Sie werden sich darüber gewundert haben, daß Sie mich abends nicht mehr beim Tarock sehen. Doch es scheint, meine Krankheit wird schlimmer: Ich kann ausschließlich am Tag ausgehen, und wenn es draußen schön ist, und unter bestimmten Umständen, wie ich Ihnen noch erklären werde. Ich muß Sie sehr dringend sprechen. Ich habe einen Verdacht. Niemand auf der Welt kann mir helfen außer Ihnen. Die Sache steht schlimm. Passen Sie auf, wenn Sie mich besuchen, daß Sie sich nichts anmerken lassen. Wir werden es schon fertig bringen, zwei Minuten allein zu bleiben. Sprechen Sie auf alle Fälle nur in piemontesischem Dialekt, wie ich, so daß wir nicht verstanden werden. Ich erwarte Sie sehnlichst, denn heute fühle ich mich wirklich schlecht, und ich habe Angst, daß es keine natürliche Krankheit ist.

Ihr ergebener Dino Pasqué‹

Dino Pasqué, das sagt dir nichts? Er war doch ein bedeutender Journalist, ein sehr berühmter Korrespondent.«

»Für welche Zeitung schrieb er?« fragte ich.

»Jetzt bringst du mich in Verlegenheit. Ich weiß es nicht. Er verwendete ein Pseudonym: Deshalb erinnerst du dich nicht. Aber jedenfalls kannst du sicher sein, er war berühmt. Er war damals schon über siebzig Jahre alt und hatte sich in ein Häuschen, eine kleine Villa am See in der einsamsten Gegend der Stadt, zurückgezogen; die Villa gehörte ihm und lag an jener langen, engen Straße – zwischen alten Palästen und Klöstern –, die zur Punta di Bagnera hinaufführt. Eine Gegend, die trotz der kunstvollen Schönheit traurig und still ist, sogar mitten in der Ferienzeit, und die während der andern Monate des Jahres einen geradezu unbewohnten Eindruck macht.

Ich hatte ihn eines Abends im Café auf der Piazza kennengelernt, und dann trafen wir einander regelmäßig zum Tarockspielen: er, ich und der Apotheker.

Genau um Mitternacht pflegte eine große, ja riesige, sehr junge, braunhaarige Frau mit regelmäßigen Gesichtszügen auf der Schwelle des Cafés zu erscheinen; sie war, das muß ich gestehen, trotz ihres Umfangs sehr hübsch. Sie wechselte oft ihre Kleidung: sportliche Mäntel in lebhaften Farben, rot, grün, gelb, dann trug sie wieder einen hellen Pelzmantel, wahrscheinlich aus Lammfell. Sie blickte auf eine winzige Uhr, die sie am Handgelenk trug, und sagte streng – aber das schien vielleicht nur so wegen ihres deutschen Akzentes:

›Dino, es ist Zeit, gehen wir. Gute Nacht, Signori.‹

Die außerordentliche, fast unglaubliche Feinheit der mit Handschuhen bekleideten Hand und des Gelenks mit dem Ührchen im Vergleich zu dem massigen Körper und allen andern Gliedern hatte mich in Staunen versetzt. Kurzum, sie war fast eine Riesin, und das Mißverhältnis zu jenen Kinderhändchen hatte etwas Erschreckendes an sich. Sie hieß Helga, stammte aus Klagenfurt, und war zweiundzwanzig oder dreiundzwanzig Jahre alt.

Dino Pasqué war daran, seine Memoiren zu schreiben; und in den paar Jahren, die er zurückgezogen am See verlebte, hatte er allen die Österreicherin als seine Sekretärin, die ihm bei der Arbeit helfe, vorgestellt. Aber alle wußten, daß sie seine Freundin war. So gut eben ein zwanzigjähriges Mädchen die Freundin eines siebzigjährigen Mannes sein kann. Und niemand wunderte sich; denn Signor Dino, ein hartnäckiger Junggeselle, hatte schon immer eine ausgesprochene Schwäche für schöne junge Mädchen gehabt; und jedesmal, wenn er für kurze Zeit zur Erholung in sein Haus nach Bagnera kam, brachte er eine neue mit. Es waren fast immer Fremde, und wahrscheinlich Tänzerinnen oder Modelle zweiten oder dritten Ranges. Er brachte sogar einmal – wie mir der Apotheker und andere gesagt hatten – eine Vietnamesin mit.

Diesmal jedoch erweckte die Bindung ganz den Anschein, als sei sie endgültig. Während des Sommers vor zwei Jahren hatte Signor Dino eine Heizung einrichten lassen; im Oktober war er dann mit der österreichischen Riesin erschienen und nicht mehr weggegangen.

Jemand sagte, Signor Dino habe sie im geheimen geheiratet, die Hochzeit jedoch verschwiegen, weil sein Junggesellenstolz nicht zuließ, daß man von seinem Nachgeben erfuhr, oder ganz einfach, weil er sich schämte, eine Frau zu haben, deren Großvater er hätte sein können.

Jedenfalls war es unwahrscheinlich, daß sie aus Liebe mit ihm zusammenlebte. Aber nicht immer hatte das Mädchen jenen harten, autoritären Blick, mit dem es den Alten jeden Abend vom Spieltisch wegriß. Mir sagten die andern, daß sie manchmal überaus herzlich und sympathisch sein könne, und ich stellte dies bei manchen Gelegenheiten auch selbst fest. Sie saß im Café, trank Bier und Schnaps, lachte laut, indem sie ihre nackte, frische Kehle zurückwarf, legte die üppigen, mit glitzernden, straffanliegenden Strümpfen bekleideten Beine so übereinander, daß der Rock ein gutes Stück weit über das Knie rutschte. Einmal sang sie ein volkstümliches Lied aus ihrer Gegend: ›O Susanna, o Susanna‹.

Während sie sang, stemmte sie die Hände in die Hüften; ihre vollen Brüste wippten … sie hatte einen solchen Busen … er schien die Bluse, die ihren Oberkörper umspannte, zu sprengen. Sie sang, und wir bewunderten sie mit offenem Mund; war ja auch natürlich! Männer mittleren oder bereits fortgeschrittenen Alters, ein Herbstabend in einem Provinznest. Und sie blickte uns beim Singen einen nach dem andern mit halbgeschlossenen Augen durchdringend an und lachte frech, ich möchte fast sagen, boshaft, so, als wolle sie uns alle auslachen. Kurzum, man konnte Signor Dino verstehen und entschuldigen. Er war ein rüstiger Alter, der die ganze Welt bereist hatte, und es gab Tage, an denen er zwanzig Jahre jünger aussah. Ihn konnte man verstehen und entschuldigen. Aber sie … sie hatte in ihrem Blick etwas Hinterhältiges, Schlaues, allzu Wissendes; und ganz zuhinterst etwas Trübes, Düsteres, etwas, das ich nicht begriff. Es war mir nie gelungen, ihre Augen zu sehen, ich hätte nicht sagen können, was für eine Farbe sie hatten. Aber nie vergaß ich ihr höhnisches Lächeln, als sie ›O Susanna‹ sang, mit jenen Worten, die wir – des Deutschen nicht mächtig – versucht waren für Obszönitäten oder gar Beleidigungen zu halten.

Man behauptete schließlich – allerdings ohne den geringsten Beweis dafür zu liefern –, daß Signor Dino bereits sein Testament zu ihren Gunsten gemacht habe. Und daß sie nur darauf warte, daß er sterbe, um dann alles verkaufen und nach Paris oder Rom gehen und ein tolles Leben führen zu können. Aber Signor Dino ging es immer glänzend, und es gab keinerlei Anzeichen, daß er bald würde sterben müssen. Er war klein, hager, hatte eine braune, glattrasierte Haut und gewelltes, blondiertes Haar. Man sagte, er onduliere es sich mit der Schere und färbe es, und außer dem Haar färbe er auch die Augenbrauen. In bezug auf die Zähne jedoch konnte man nicht zweifeln: Mit siebzig Jahren hatte er noch dieselben wie in seiner Jugend, und kein einziger fehlte. Sie waren klein, regelmäßig, weißschimmernd. Und wenn er abends ins Café kam und sich zufrieden hinsetzte, seinen Whisky bestellte, das Monokel vors Auge klemmte und zufrieden die gewohnten vier Gäste musterte, genauso, als hätte er sich bei den Galerien oder auf den Champs Elysées hingesetzt, dann sagten die beiden Signorine, die Töchter der Besitzerin des Cafés, noch genau dasselbe, was ihre Mutter schon vor dreißig oder vierzig Jahren gesagt hatte: ›Aber was hat doch Signor Dino für schöne Zähne!‹

Er schien von einer leichten Darm- oder Leberstörung befallen worden zu sein. Es war etwa diese Jahreszeit, Februar, auch so kalt wie jetzt, die blödsinnige Kälte wollte gar nicht aufhören. Und niemand wunderte sich, daß man Signor Dino während einiger Abende nicht sah. Und dann dieser Brief; es brauchte nicht viel, um ihn zu verstehen. Der arme Alte befürchtete, von der Österreicherin vergiftet worden zu sein. Aber er wurde bewacht und wußte nicht, wie er mit mir Verbindung aufnehmen konnte. Er ging tagsüber aus – in ihrer Begleitung – und konnte nicht telefonieren. Sehr wahrscheinlich hatte er, um den Brief einwerfen zu können, einen der kurzen Augenblicke abwarten müssen, in denen das Mädchen in ein Geschäft gegangen war, um etwas zu kaufen.

Ich nahm das Fahrrad und war fünf Minuten später auf der Piazza. Ich streckte den Kopf in die Apotheke, um mich rasch zu erkundigen, ob es etwas Neues gebe. Tatsächlich sagt mir der Apotheker ganz aufgeregt, daß vor einer Stunde der Krankenwagen gekommen sei und man Signor Dino nach Novara ins Krankenhaus verbracht habe:

›... Mit ihm sind das Mädchen und der Arzt gefahren. Eine Krise, ein Kollaps: Es scheint keine Hoffnung mehr zu bestehen; in diesem Alter, wissen Sie ... und dabei war er erst gestern Mittag, noch hier in der Apotheke. Er ging am Arm des Mädchens. Mir schien, es gehe ihm besser. Sehen wir uns heute abend, Signor Dino? habe ich ihn gefragt. Noch nicht, sagte er; es geht mir zwar besser, aber ich bin noch nicht gesund. Und meine Tyrannin läßt mich nicht gehen! Da ist sie losgeplatzt, Sie hätten sie sehen sollen: Wenn du dich unbedingt aufhängen willst, häng dich nur, mir ist es egal, mein Herr und Meister! Wenn ich dir rate, abends nicht auszugehen, dann nur zu deinem Wohl! Da ist er in ein Gelächter ausgebrochen, als ob er nicht daran glaubte: Zu meinem Wohl? Ha, ha! Und auch sie hat zu lachen begonnen. Sie haben die gewohnte Zahnpasta gekauft und sind gegangen. Armer Signor Dino! Wer hätte gedacht, daß wir uns nicht wiedersehen. Ich habe ihm noch seine Zahnpasta verkauft. Er war so stolz auf seine Zähne, der arme Kerl. Einmal, als ich seine Marke gerade nicht auf Lager hatte, zeigte ich ihm eine andere. Aber er, er wollte sie nicht. Er nahm mich zur Seite, als wolle er mir ein großes Geheimnis anvertrauen, und sagte: Nein, sehen Sie – vielleicht ist es ein Aberglaube, aber wissen Sie, wem ich meine gute Gesundheit, meinen verhältnismäßig jugendlichen Zustand zuschreibe? Meinen Zähnen. Nun habe ich eben – von der Kindheit an bis heute – regelmäßig dreimal am Tag diese gleiche Zahnpasta verwendet. Wenn ich als Sonderkorrespondent in der Welt herumreiste und wußte, daß ich monatelang wegbleiben mußte, nahm ich einen Vorrat mit: weil man sie leider nur in Italien findet.‹

›Welche ist es?‹ fragte ich instinktiv den Apotheker und ließ mir eine Tube dieses Lebenselixiers zeigen – das übrigens eine alte, ganz gewöhnliche einheimische Zahnpasta ist. Lach nicht, lieber Mario. Du wirst sagen, ich erzähle Märchen. Aber es ist tatsächlich alles so gewesen, und du mußt mir glauben: Schlagartig war mir wieder das bösartige und wissende Lächeln des Mädchens in den Sinn gekommen, als sie gesungen hatte; und ich verfolgte dieses Lächeln, wie man eine Spur verfolgt…

Ich verließ die Apotheke und wollte sogleich im Krankenhaus von Novara anrufen. Aber dann schaute ich auf die Uhr und sagte mir, daß der Krankenwagen noch nicht angekommen sein konnte. Ich versicherte mich, daß der Apotheker nicht herausgekommen war, um mir nachzuschauen, und rasch überquerte ich mit dem Fahrrad die Piazza und bog in den Vicolo di Bagnera ein.

Ich wußte, daß tagsüber, von morgens bis abends, eine einheimische Frau namens Caterina zum Putzen und Kochen kam. Ich läutete. Um mir Einlaß zu verschaffen und nach Belieben alles zu durchsuchen und zu erforschen, hätte ja die Uniform genügt; doch ich wollte Geschwätz und Verdächtigungen vermeiden. Deshalb erklärte ich Caterina, man habe mich aus dem Krankenhaus in Novara angerufen, ich solle einige Kleidungsstücke und Toilettengegenstände des Signor Dino holen.

Diese Ausrede war eher unglaubhaft. Und tatsächlich schaute mich Caterina, die keineswegs dumm war, einen Augenblick lang erstaunt an. Aber – wie ich dir bereits gesagt habe – bei uns deckt und rechtfertigt die Uniform alles. Caterina bemerkte nur:

›Um so besser. Das heißt ja, daß es nicht so schlimm ist. Als man ihn wegbrachte, hatte er schon ein Gesicht wie ein Toter. Er konnte nicht einmal mehr sprechen.‹

Es gab zwei Schlafzimmer und zwei Badezimmer. Im Bad des Signor Dino fand ich alle Toilettengegenstände an ihrem Platz. Ganz normal: Niemand denkt in einem solchen Fall daran, sie mitzunehmen. Es war eine plötzliche Abfahrt gewesen – und nicht für eine Vergnügungsreise. Die Zahnbürsten steckten in ihrem Becher. Doch die am Tag zuvor gekaufte Zahnpasta oder eine alte Tube derselben Marke fehlte. Ich öffnete Schubladen und Schränkchen, suchte überall: erfolglos. Doch ich war nicht enttäuscht – im Gegenteil; gerade diese Unauffindbarkeit war das erste Indiz dafür, daß mein Verdacht vielleicht nicht unbegründet war.

Beim Weggehen nahm ich ein kleines Paket mit, die Dinge, die ich – um bei meiner Ausrede zu bleiben – hätte holen sollen. Und als ich auf der Schwelle stand, fragte ich Caterina streng, wohin sie den Abfall zu werfen pflege. Gußeiserne Behälter standen zu diesem Zweck vor jedem Haus. Es gab speziell dafür einen städtischen Abholdienst. Aber trotz des ausdrücklichen Verbots fanden es die Leute, die am See wohnten, manchmal bequemer, den Abfall zum Fenster hinauszuwerfen. Ja, auch in den Herrschaftshäusern. Caterina wurde rot: was jedoch nicht unbedingt bedeutete, daß sie das Verbotene getan hätte.

Der Behälter draußen vor der Tür war leer. Caterina entschuldigte sich: Bei dem, was heute geschehen sei! Der Kehricht war noch in der Küche, im Eimer. Ohne mich noch um eine Rechtfertigung zu kümmern, hieß ich sie den Eimer leeren. Doch ich sah nicht, was ich suchte. Ich sah es, als ich zum Fenster von Signor Dinos Badezimmer hinausschaute: senkrecht in der Tiefe, im unbeweglichen, von der Wintersonne durchleuchteten Wasser; es lag zwischen alten Einmachgläsern und vielfarbigen Scherben auf dem Kies, und ich fischte es mit einem Netz heraus: Es war die am Vortag gekaufte, nur wenig ausgedrückte Tube. Zwei Stunden später ließ ich sie in Novara, im Labor des Krankenhauses, untersuchen. Das Ergebnis der Analyse erklärte die Symptome von Signor Dinos Krankheit, die bis jetzt für alle Ärzte unerklärlich waren, auch weil der Patient nicht imstande war zu sprechen: es waren diejenigen einer Arsenvergiftung. Man behandelte ihn sofort entsprechend. Die Vergiftung hatte seit wer weiß wie langer Zeit gedauert: langsam,

Tag für Tag. Die jetzige Portion war nur die letzte Dosis gewesen, die ihn hätte in den Himmel befördern sollen. Doch er ist davongekommen. Und ich …

Du weißt schon, Mario. Nie verhafte ich jemanden gerne. Auch in denjenigen Fällen, wo die Schuld ganz offenkundig und überhaupt nicht zu verzeihen ist, und selbst wenn ich die Untersuchung voll Begeisterung mache oder gar Spaß an ihr finden kann; wenn jener Augenblick gekommen ist, empfinde ich immer eine gewisse Traurigkeit. Vielleicht ist das nicht richtig. Einen guten Carabiniere muß es freuen, daß er der Gesellschaft dient, indem er denjenigen, der sich als gefährlich erwiesen hat, der Justiz übergibt. An jenem Abend im Spital, als ich sie aus Signor Dinos Zimmer rief und ihr dort im Korridor eine Hand auf die Schulter legte … sie war etwa soviel größer als ich … nun, damals empfand ich – das muß ich gestehen – gleichzeitig mit der gewohnten Bitterkeit ein außergewöhnliches Vergnügen:

›Signorina, wollen Sie bitte mitkommen …‹

Sie hatte einen Komplizen, einen bekannten Zuhälter ägyptischer Nationalität. Man konnte auch die Herkunft des Gifts feststellen und alles beweisen. Sie ist verurteilt worden und sitzt jetzt. Aber ich fürchte, für einen Charakter wie sie gibt es keine Rettung. Auch wenn sie das ganze Leben lang im Gefängnis bliebe, würde sie – so befürchte ich – niemals die eigene Niederträchtigkeit ermessen können. «

Maria trat ein, triumphierend, mit zwei Schüsseln: in der einen die dampfende Polenta, in der andern das Spezzatino in umido.

»Und Signor Dino?« Ich versuchte, nicht an die Österreicherin zu denken: Ich hatte eine schlimme Geschichte verlangt und sie nun zu hören bekommen!

»Ich habe ihn nicht mehr gesehen. Nach dem Ereignis siedelte er nach Santa Margherita über. Jedes Jahr schickt er mir zum 17. Februar eine Karte. Es ist der Jahrestag seiner Rettung – wie sagt man? – im letzten Moment. Nun, er verdankt mir das Leben. Weißt du, was er mir auf der diesjährigen Karte schreibt? Er sei jetzt fünfundachtzig geworden, und es fehle ihm nichts. Er klagt nur, die Ligurer seien starrköpfig, sie ließen sich einfach das Tarockspiel nicht beibringen.«

DER DURCHSICHTIGE SPIEGEL

»Kaum hatte ich das Telegramm aus Luzzara erhalten, war mir auch bewußt, daß es sich um ihn handelte. Angelo Cattarin lautete sein Name. Er stammte aus Padua. Alter: ungefähr fünfundvierzig. Nicht vorbestraft, trotz allem. Und – kaum zu glauben – Akademiker, ja, Literaturwissenschaftler.

Den amtlichen Angaben war zu entnehmen, daß in der Gegend seit einiger Zeit mit einer gewissen Hartnäckigkeit in Tabakläden Diebstähle begangen wurden: Es verschwanden ganze Bogen von Briefmarken und verschiedene andere Waren von ganz und gar nicht unbedeutendem Wert. Zuerst hatten die Inhaber der Tabakläden – unabhängig und ohne von den andern zu wissen – das Verschwinden der Ware Diebstählen zugeschrieben, die sozusagen intern verübt wurden: von den Angestellten, sofern sie vorhanden waren, oder von Bekannten, die aus irgendeinem Grund Gelegenheit hatten, in den Hinterraum einzudringen oder sich hinter den Ladentisch zu schleichen. Aber die diesbezüglichen Nachforschungen und Kontrollen hatten kein positives Ergebnis gezeitigt. Bis die Anzeigen nur so auf meinen Tisch fluteten und ich erfuhr, daß auch meine Kollegen in Crevalcore, Cento, Nonantole, Mirandola und San Felice sul Panaro solche Anzeigen erhielten. Da begriff ich endlich, was eigentlich leicht zu begreifen war: Die Diebstähle waren allesamt das Werk einer einzigen Person, die von außen her vorging; vielleicht war es sogar ein kleiner Ring. Und wenn wir eingreifen wollten, durften wir keine Zeit verlieren, denn der Betrüger – oder die Betrüger – wechselten bestimmt von einem Tag auf den andern die Gegend. Verdächtigungen? Nur eine einzige: Der Kollege aus Luzzara teilte sie mir in einem langen

Telegramm mit: Man solle, was die Diebstähle in Tabakläden betreffe, einen mageren, braunhaarigen, sauberen, als Priester gekleideten Mann mittleren Alters ins Auge fassen; wahrscheinlich sei er gar nicht Priester. In Luzzara habe er sich in jedem der drei Tabakläden aufgehalten und eine Weile geplaudert; er habe nichts mitgehen lassen, aber sein Verhalten sei seltsam gewesen. Mein Kollege war gerade dienstlich unterwegs gewesen, und man hatte ihn benachrichtigt, als der Priester – sei es nun ein richtiger oder ein falscher – bereits verschwunden war, verschwunden mit dem Zug, sagte jemand, der ihn auf dem Weg zum Bahnhof gesehen hatte, per Autostop, sagte ein anderer. Beim Anhalten von Autos haben die Priester immer Glück.

Ich las also: ›Braunhaarig, groß, mager, als Priester gekleidet‹, und da dachte ich sofort an Cattarin. Tatsächlich, das konnte nur er sein. Ich hatte ihn wenige Tage zuvor in eben diesem Aufzug getroffen, unter den Bogengängen des großen Platzes von Novellara, wohin ich rasch mit dem Jeep gefahren war, um eine Auskunft zu erhalten. Von Novellara nach Luzzara führt keine direkte Straße; es gibt nur Feldwege, aber es sind ja nicht einmal zehn Kilometer.

Unter den Bogengängen, im Halbschatten und im Getümmel der Menschen – es war gerade Markttag – habe ich ihn sofort erkannt, trotz der Entfernung von mehr als fünfzig Schritten und der verrückten Verkleidung.«

»War er schon im Priestergewand? Aber warum hast du ihn denn nicht verhaftet!« fragte ich Gigi ungeduldig. Gigi befand sich dienstlich in Mailand und war spätabends zu mir gekommen. Die rechte Zeit für einen Imbiß: in Öl eingelegte Leber im Schweinsnetz mit Pfefferkörnern und Lorbeerblättern, die mir ein anderer Maresciallo, aber einer von der Finanzpolizei und pensioniert, aus Arcidosso, vom Monte Amiata schickt. Und dazu tranken wir Ballo, einen Weißwein, den mir Renzo Balbo aus Cossano schickt. Er ist besser als Champagner. Schade, daß es die letzte Flasche war. Doch sie genügte für den Imbiß und für die kurze Plauderei.

»Ihn verhaften?« Gigi lachte und schabte in aller Ruhe mit der Messerspitze die Fettschicht weg, die das erste Leberbällchen umgab. »Dir eilt es aber sehr! Ach, du wärest kein guter Carabiniere. Cattarin war so etwas wie ein Freund. Ich hatte ihn kurz nach der Befreiung kennengelernt, in Venedig, wohin man mich – zusammen mit einem englischen Nachrichtenoffizier – für einen Spezialauftrag geschickt hatte. Cattarin arbeitete damals ein wenig als Journalist beim *Gazzettino*, für die Klatschspalte. In Padua hatte er seine alte, verwitwete Mutter, die ihm regelmäßig ein wenig Geld zusteckte. Und er ... er verbrauchte alles mit den Mädchen; denn er war verrückt nach Mädchen. Immer hatte er wieder eine neue bei der Hand, aber jedesmal war er unglücklich und es ging für ihn schlecht aus. Kaum hatte er etwas Geld von der Mutter oder von der Zeitung, so verliebte er sich. Nach zwei oder drei Tagen reichte es ihm nicht einmal mehr dazu, eine Tasse Kaffee zu spendieren. Dadurch verlor er das Mädchen sofort, und er war verzweifelt. Ein verrückter Kopf – ohne die geringste Arbeitslust, aber alles in allem doch ein guter Kerl, gut wie die Sonne: dessen konnte ich, so schien mir – zu Recht oder zu Unrecht –, gewiß sein. Als ich ihn deshalb als Priester gekleidet sah ... nun, du lachst jetzt ... obwohl mir einiges absurd vorkam – ich habe dir ja erzählt, was für ein Typ er ist –, dachte ich, er sei tatsächlich Priester geworden.

Ich nähere mich. Er schaut gerade farbige Postkarten an, die an einem Pfeiler der Laube vor einem Tabakladen hängen. Wegen der vielen Leute vielleicht sieht er mich bis zum letzten Augenblick nicht. Und ich will dir gestehen: Sein Gesichtsausdruck in jenem Bruchteil einer Sekunde genügte, mein ganzes instinktives Vertrauen, das ich in ihn gesetzt hatte, zu zerstören. Ein Blick voll Entsetzen, große, schwarze Augen – samten und venezianisch –, die mich so nahe sahen und wiedererkannten, und ein Blick rundum, nach allen Seiten, als ob er einen Ausweg suchte. Aber einen Ausweg gab es nicht; er war gezwungen, auf mein Lächeln zu antworten, mir entgegenzukommen und mich zu umarmen.

›Was machst du da?‹ frage ich ihn und zeige auf seinen Talar. ›Bist du verrückt geworden?‹

›Weshalb?‹ meint er mit kindlichem Lachen übers ganze Gesicht. ›Ach ja, vielleicht, weil du mich so gekleidet siehst? Das will nichts heißen, mach dir keine Sorgen. … Das hat nicht allzu große Bedeutung…‹

›Wie?‹ sage ich. ›Weißt du nicht, daß du dich strafbar machst? Weißt du nicht, daß du das Gesetz übertrittst?‹

›Ich? Weshalb denn?‹

›Komm doch, Cattarin… Du bist doch kein Priester! Was soll dieser Spaß?‹

›Aber es ist kein Spaß‹, sagt darauf er ganz ernst. ›Ich bin nicht Priester…‹

›Das glaube ich wohl! Aber dann…‹

›Und das ist kein Priestergewand. Es ist ein Gewand des Dritten Ordens. Schau.‹

Er zeigte auf die Brust, wo ein von der Dornenkrone umgebenes, vom Kreuz überragtes Herz eingestickt war. Dies sei das Kennzeichen an den Kutten der Passionsbrüder; diese hätten aber auch einen Zweiten Orden, nämlich die Nonnen, und einen Dritten Orden, nämlich die Laienbrüder, welche kurze, das heißt, nur einjährige Gelübde ablegten, die sie aber erneuern könnten. Er habe nach einer schweren Enttäuschung in der Liebe eben dieses Gelübde geleistet, auch in der Hoffnung, das religiöse Leben helfe ihm, jenes Geschöpf, welches sein Untergang gewesen sei, für immer zu vergessen. Das Kloster, zu dem er gehöre, befinde sich auf der andern Seite des Po in Casaletto, gegen Sabbioneta hin. Und er, er helfe ein wenig bei der Buchhaltung, ein wenig arbeite er im Gemüsegarten, und ein wenig schicke man ihn an den Markttagen zum Betteln in die Zentren der Umgebung, nach Viadana, Guastalla, Novellara. Er zeigte mir zum Beweis einen Blechbecher für die Almosen, der an seinem Ledergürtel hing.

Die Geschichte erschien glaubhaft, und er hatte sie ohne Zögern erzählt. Jenen ersten Blick, der mich so voll Entsetzen gedünkt hatte, mußte ich also als Ausdruck der Scham deuten, weil Cattarin sich als Priester, nein, als Bettelmönch gekleidet zeigen mußte. Doch jedenfalls war ich sehr überrascht. Ich wollte der Sache auf den Grund gehen und sagte zu ihm:

›Aber, mein Lieber… Es ist gefährlich für dich, in dieser Aufmachung herumzugehen.‹

›Und weshalb denn?‹

›Nun, ich weiß nicht, irgendein dummer Unfall, wenn man deine Papiere verlangt…‹

›Aber ich hab' sie, die Papiere! Du bist gut, glaubst, ich gehe ohne Papiere herum. Schau!‹

Er knöpfte sich rasch die Kutte über der Brust auf und holte eine riesige schwarze Brieftasche hervor, aus welcher er seinen Personalausweis zog – er war vollkommen in Ordnung, trug den Namen Doktor Angelo Cattarin – und einen Brief, dessen Papier mit dem Namen der Passionsbrüder bedruckt war und auf dem eine weitere Photographie von ihm – in der Ordenskutte – angebracht war, und daneben eine vom Abt unterzeichnete Erklärung. Ich sagte ihm, daß dies, strenggenommen, vor dem Gesetz nicht genüge.

›Aber jedermann kann das nachprüfen!‹ sagte er. ›Man braucht nur im Mutterhaus in Casaletto anzurufen! Du wirst schon verstehen, daß ich nicht wieder einen neuen Personalausweis verlangen kann. Wenn ich ihn jetzt verlange, werde ich schon wieder ein freier Bürger sein, bis man mir ihn gibt. Ich habe vor, nach Rom zu gehen!‹

›Nach Rom! Sieh mal an! Und was willst du denn dort?‹

›Ich habe in Venedig den berühmten Regisseur Fellini kennengelernt. Er hat versprochen, mir eine Rolle in einem Film zu geben. Eine Rolle als Mönch. Unterdessen übe ich. Auch wenn es wahrscheinlich nicht der gleiche Orden sein wird…‹

›Ich glaube, du hast mehr Begabung zum Schauspieler als zum Geistlichen‹, sagte ich zu ihm. Und so sind wir lachend auseinandergegangen.

Ich hatte die Absicht, ich schwör dir's! Aber anderes kam dazwischen, ich vergaß, die notwendigen Nachforschungen anzustellen und zu klären, ob der Brief der Passionsbrüder gefälscht war. Als ich das Telegramm aus Luzzara sah, hegte ich keine Zweifel mehr. Der Tabakladendieb mußte leider er sein. Ich suchte im Telefonbuch und fand in Casaletto bei Sabbioneta kein Kloster. Er war geschickt genug gewesen, den Namen irgendeines Ortes zu sagen, anstatt denjenigen eines tatsächlich bestehenden Klosters. So hatte er mir nämlich den kleinen Zweifel gelassen, daß ich den Namen nicht richtig gehört hatte. Im übrigen war unsere Begegnung in Novellara von ganz kurzer Dauer gewesen. Ich begriff, als ich nochmals darüber nachdachte, daß er auf Kohlen gesessen haben mußte: Vielleicht erwartete er einen Komplizen, wer weiß. Er versuchte nicht, mich aufzuhalten. Und er fragte mich nicht einmal, wo ich untergebracht war! Womöglich dachte er, ich sei gerade in Novellara Maresciallo. Jedenfalls kam es ihm bestimmt nicht in den Sinn, daß ich in Finale war. Denn schon am Tag nach dem Telegramm wird seine Anwesenheit in Pilastri vermerkt – fünf Minuten mit dem Jeep von meiner Kaserne entfernt.

Ich bin tüchtig gewesen. Ich war sicher, daß Serieneinbrüche wie diese nicht von ihm allein verübt worden sein konnten. Er mußte einen Komplizen haben. Der Brigadiere, der Wachtmeister von Pilastri hatte mich angerufen, um mir zu sagen, daß der Priester – dessen Beschreibung genau auf Cattarin zutraf – auf den Autobus nach Bondeno warte. Er war – oder schien – allein. Lediglich ein mageres, blondes, blaugekleidetes, recht elegantes Mädchen wartete in der Julisonne auf denselben Autobus; es trug eine Ledertasche, die fast so umfangreich wie ein Koffer war. Das Mädchen sprach nicht mit dem Priester und tat nichts, was den Verdacht hätte wecken können, sie gehöre zu ihm. Sie sah aus wie eine englische oder deutsche Touristin.

Bondeno ist ein wichtiges und reiches Landstädtchen. Der Tabakladen im Zentrum birgt manchmal Werte, die bis in die Millionen Lire gehen. Es war zwei Uhr nachmittags, in dieser Jahreszeit die heißeste und menschenleerste Stunde. Ich komme mit dem Jeep aus Finale und bringe einen Spiegel mit: einen Meter achtzig hoch und fünfzig Zentimeter breit; er stand in der Kaserne, in einer der Zellen. Vor Zeiten waren sie in den zwielichtigen Häusern Mode: Auf der einen Seite ist es ein gewöhnlicher Spiegel, von der andern aber kann man, wenn man im Dunkeln steht, wie durch ein Fenster alles sehen. Wir benützen ihn, wenn wir sehen wollen, was ein Häftling oder Gefangener tut, wenn er glaubt, er sei allein und niemand beobachte ihn.

Nun, ich gehe geradewegs auf den Tabakladen zu und überrede den Besitzer – erst mit sanften, dann mit scharfen Worten –, daß er den Spiegel vor dem Durchgang zum hinteren Teil des Ladens aufstellt und die Zwischenräume so gut wie möglich mit dem Vorhang, einer Stiege, Gestellen und Schachteln zudeckt. Ich begebe mich gerade rechtzeitig auf den Beobachtungsposten, und schon tritt mein Cattarin ein.

Er ist noch immer als Geistlicher verkleidet, aber mit einem andern Gewand aus leichterem Stoff, und ohne das weiße gestickte Herz, ohne Ledergürtel, ohne Almosenbecher.

Kurz und gut: nicht mehr ein Bettelmönch, sondern ein Priester, der sich sehen lassen konnte. Und ich muß sagen, daß auf diese Weise die Verkleidung besser zu seinem Gehaben und zu seiner Art zu sprechen paßte. Er hatte sich sofort mit äußerster Höflichkeit an den Tabakhändler gewandt: ›Guten Tag, guten Nachmittag: Hätten Sie, bitte schön, ein ledergebundenes Heftchen, ein Notizbüchlein?‹

Der Ladentisch hatte die Form eines L: Auf der einen Seite befanden sich die Monopolartikel, auf der andern war das Schreibmaterial und ähnliches. Oh, wenn nur du, Mario, mit einem Filmapparat dabei gewesen wärest, oder Fellini selbst! Ich sage dir: eine wundervolle Szene! Ich hatte den Tabakhändler natürlich vorbereitet und ihm gesagt, er solle auf den Priester eingehen und so tun, als merke er nichts, was auch immer geschehen möge; und er brauche nichts zu befürchten, denn von der Statur sei jener Priester das harmloseste Wesen der Welt, und auf alle Fälle würde ich im entscheidenden Moment zum Vorschein kommen.

Diese ganze Arbeit und dieser Aufwand wären gewiß nicht notwendig gewesen, um den armen Cattarin in flagranti zu schnappen. Es hätte genügt, ihn draußen abzufangen und ihn zu verhören. Doch vielleicht, weil ich ihn von früher her kannte und ihn im Grunde für einen armen Kerl und nicht für einen Verbrecher hielt, wollte ich dabei sein, wollte mit eigenen Augen sehen, wie er vorging – wollte mich vielleicht auch hinter seinem Rücken amüsieren. Dafür schäme ich mich ein wenig. Aber so war ich dann – gerade weil ich der Szene beigewohnt hatte – vor dem Richter imstande, insgeheim die Ansichten der Verteidigung zu unterstützen; Ansichten, die übrigens mit einem psychiatrischen Gutachten übereinstimmten: Cattarin hatte die ihm zugeschriebenen Diebstähle wohl verübt, daran konnte kein Zweifel bestehen, doch in seinem Oberstübchen war nicht alles ganz richtig.

Man mußte gesehen haben, mit welcher Anmut, mit welcher Freundlichkeit und Feinheit er den Tabakhändler hinhielt. Während er die Notizbüchlein anschaute, begann er ein Gespräch über das Wetter, die Hitze, die Jahreszeit, die Felder, die Ernte. Mit erstaunlichem Einfallsreichtum hatte er allmählich eine ganze Reihe von Themen berührt: Politik, Sport, Steuern, soziale Probleme, religiöse und moralische Fragen, und er war so geschickt, daß er den Tabakhändler zwingen konnte, ihm äußerst genau zuzuhören, denn er stellte ihm ständig Fragen, für deren Beantwortung der andere sich konzentrieren mußte, so daß er nicht mehr darauf achten konnte, was sonst noch vorging: Er konnte nicht das Mädchen im Auge behalten, das inzwischen eingetreten war, Postkarten und Briefmarken gekauft hatte und dann beim Ladentisch verweilte, um die Karten auszufüllen, während der Tabakhändler sich wieder dem Priester zuwandte.

Das elegante, himmelblau gekleidete Mädchen, das eine große Tasche bei sich trug, schien tatsächlich eine Fremde zu sein: eine vornehme Erscheinung. Ich sah sie durch den Spiegel aus etwas mehr als einem Meter Entfernung. Ich hatte den Eindruck, sie hefte ihren Blick auf mich, denn sie schaute immer wieder in den Spiegel. Sie war mager und rosig. Nicht ausgesprochen schön. Eine große Adlernase hatte sie. Aber sie war sehr jung und deshalb frisch und anziehend. Sie hatte blaue, wäßrige, unruhige Augen. Blondes, glattgekämmtes Haar. Sehr dünne und lange Arme, feine Gelenke, und die Hände … die Hände werde ich nie vergessen können. Ich habe noch nie solche Hände gesehen. Sie waren lang, wirklich lang: mir kamen sie doppelt so lang vor, als es normal gewesen wäre. Und wenn man nicht die rosige und weiße Farbe, die sehr gepflegten Nägel, die zwar nicht bemalt, aber ebenfalls rosa und leuchtend waren, und die zarten Finger mit den entsprechend langen Kuppen gesehen hätte, so wäre man versucht gewesen, in jenen Händen etwas Ungeheuerliches zu sehen.

Denn die Geschicklichkeit, mit welcher sie die Briefmarkenbogen aus dem Mäppchen zog, war tatsächlich ungeheuerlich, eines Taschenspielers würdig. Der Tabakhändler merkte es nicht, obwohl er aufpaßte. Und auch ich hatte es kaum gesehen: ein Zucken, Aufblitzen – alles war in der Tasche verschwunden, und das Mädchen verließ den Laden. Ich verließ ebenfalls mein Versteck hinter dem Spiegel, und alles endete so, wie es enden mußte.

Cattarin weinte, als er in der Kaserne war. Er behauptete, er werde alles zurückgeben, jeder Tabakhandlung, die er ausgeraubt hatte. Es seien im Grunde Darlehen, die er und das Mädchen aufgenommen haben wollten. Das Geld sollte ihnen dazu dienen, nach Rom zu gehen. Ja, nach Rom, eben zu Fellini, wie er mir bereits erzählt hatte: Aber es war nicht er, sondern das Mädchen, das zum Film wollte, und deshalb mußte es sich zuvor die Mittel verschaffen, um einige Monate in Rom leben zu können. Es sei ein tüchtiges Mädchen, erklärte Cattarin noch immer weinend, eine Deutsche, ehemalige Tänzerin. Er liebe sie und sie liebe ihn. Sie wollten heiraten, sobald die Dinge etwas besser stünden, dies sei ihr fester Vorsatz. In Rom… Bis dahin führten sie ein Doppelleben. Sie hatten entdeckt, daß der Verlauf des Po in den

Provinzen Cremona und Mantua auf der einen Seite, in den Provinzen Reggio und Modena auf der andern Seite ihnen die Arbeit erleichtern konnte. Es gibt wenige Brücken, und die Verbindungen sind nicht so häufig und schnell. Die Leute sind von einem Ufer zum andern verschieden. Deshalb betätigten sie sich in den Dörfern und Städten auf der rechten Seite des Po. Sie arbeiteten, wie ich durch den Spiegel beobachtet hatte, zusammen. Und sie waren sehr darauf bedacht, daß man sie nie miteinander sprechen oder überhaupt als Paar sah. Jeden Abend fanden sie sich dann auf der andern, linken Seite des Flusses ein, in irgendeinem kleinen Hotel, in irgendeinem Dörfchen: Dort präsentierte er sich dann in Zivil und gab sich als Vertreter eines großen Verlages aus, der in Büchern reiste; er hatte ein paar Koffer bei sich, von denen der eine die Priester- und Bettelmönchskleider enthielt.

Das Mädchen war, obwohl gerade erst volljährig, wegen einer Reihe von Betrügereien und Diebstählen schon im Strafregister seines Heimatortes vermerkt und bei uns wegen einiger anhängiger Geldstrafen.

Verurteilt wurden selbstverständlich alle beide. Er weniger streng, da zum Teil seine verminderte geistige Zurechnungsfähigkeit berücksichtigt wurde. In Nogara – zwischen Sanguinetto und Mantua – wurden in einem Hotelzimmer, das ihr letzter Aufenthaltsort gewesen war, alle gestohlenen Wertgegenstände aufgefunden. Cattarin gestand, daß er die Absicht gehabt habe, sie vor der Abreise nach Rom ›umzusetzen‹: Er hatte vor, sich nach Mailand zu begeben, doch er hatte nicht die geringste Ahnung, an wen er sich wenden sollte. Es stellte sich heraus, daß er und seine Freundin in der Zwischenzeit nicht, wie man glaubte, vom Ertrag der Diebstähle gelebt hatten, sondern von einer kleinen Summe Geldes, welche die vor einigen Monaten verstorbene Mutter Cattarin hinterlassen hatte. Gewiß auch aus diesem Grunde fiel Cattarins Verurteilung eher mild aus.

Aber eine andere Einzelheit war mir im Gedächtnis haften geblieben, während ich durch den Spiegel schaute – eine andere Einzelheit außer den extrem langen Händen des

Mädchens: Es war das selige Lächeln, die Freude, das Glücks-
gefühl, mit welchem Cattarin als Priester gekleidet auf den
Tabakhändler einredete. In der Spannung, welche die Situation mit sich brachte, und vor Angst, daß der Tabakhändler
mit einem einzigen Blick die Komplizin ertappen könnte, hätte Cattarin doch zumindest einmal ein gewisses Zögern verraten müssen. Aber nichts dergleichen. Er war absolut selbst-
sicher. Er war glücklich. Da begriff ich, daß das wahre – ihm
selber unbewußte – Ziel seiner Verkleidungen nicht der
Diebstahl, nicht die Geldgier und auch nicht die Leidenschaft
für die kleine Deutsche war, sondern die Lust am Lügen, am
Schauspielern, am Sichhineinversetzen in eine andere Person.«

»Alle Verbrecher«, sagte ich, »sind im Grunde Verrückte.«

»Warum nicht? Diese These ist schon uralt. Lombroso
behauptete es. Ich hingegen glaube, alle Menschen, ohne
Ausnahme – auch die anständigen und anständigsten – sind
ein wenig verrückt. Aber sie werden, sie sind Verbrecher, sobald ihre Verrücktheit zufällig gegen die Gesetze verstößt
und der Gesellschaft schadet. Einen andern Unterschied
sehe ich nicht. Wer weiß, Cattarin … wenn er Schauspieler
geworden wäre, säße er jetzt nicht hinter Gittern. Er hätte
sich auf zulässige Art und Weise ausleben können. Und
siehst du, Mario, deshalb gelingt es mir nie zu verstehen, wie
einer, der meinen Beruf hat, sagen kann, daß er ihn mit Begeisterung ausübt. Mit Eifer, das schon. Aber dann – glaube
mir – kommt jedesmal eine große Traurigkeit über einen.«

MICHELA

Kürzlich haben wir Gigi nachts nach Piacenza zurückgebracht. Meine Frau fuhr. Gigi saß vorn, neben ihr. Wir hatten Mailand gerade hinter uns gelassen. Die beiden schwatzten miteinander. Und ich nickte auf dem hinteren Sitz ein.

Nach einer Weile schlief ich fest. Plötzlich jedoch weckte mich etwas: Der Wagen fuhr auf einmal so langsam ... nein, es war nichts, nur die Einfahrt zur Autobahn. Ich verkroch mich wieder in meine Ecke und war bereits wieder am Einschlafen, als ich die Stimme meiner Frau hörte, die gerade etwas erzählte. Der Tonfall war leicht boshaft:

»... Wissen Sie, was meine Freundinnen über Sie sagen? Sie sagen, Sie seien ein Rosenwasser-Kommissar. Nun, ich weiß nicht, ob dies vielleicht Marios Schuld ist, der ein wenig dazu neigt, alles in rosarot zu sehen – wenigstens soweit er kann. Oder ob Sie wirklich so sind. Sie müssen begreifen, meine Freundinnen und ich kennen Sie bloß durch Marios Geschichten.«

»Ich weiß nicht, Signora, was Sie mit Rosenwasser meinen«, antwortete Gigi, »aber wenn Sie damit sagen wollen, daß ich nicht wild bin und daß ich kein besonderes Vergnügen empfinde, wenn ich das Glück habe, irgendeinen Fall zu lösen – dann ja, dann mag es stimmen: Ich bin wirklich ein Rosenwasser-Kommissar, und ich glaube, nicht wenige meiner Kollegen sind mir darin ähnlich. Ich habe dies, glaube ich, schon einmal gesagt. Unser Vergnügen besteht – wenn überhaupt – in den Ungewißheiten und Schwierigkeiten, und im Spürsinn, den wir einsetzen, um sie zu überwinden: im Vorgehen, nicht im Ergebnis. Dies jedoch – verstehen wir einander richtig – bedeutet nicht, daß wir zufrieden wären, wenn uns etwas schiefgeht! «

»Kurzum, Maresciallo: Ihre milde und sympathische Erscheinung wäre also eigentlich nur die letzte und die raffinierteste Ihrer Listen…«

»Aber nein, Madame. Ich hoffe doch, mein Wesen ist echt. Wie könnte ich sonst bei Mario und bei Ihnen so sein, wie ich bin?«

»Also, sagen Sie mir … erzählen Sie es mir, da Mario ja schläft … sagen Sie: Ist es nie vorgekommen, daß Sie innerlich – unentschlossen – zwischen der Pflicht und dem Gefühl schwankten und mit sich kämpfen mußten?«

»Immer – möchte ich beinahe antworten – immer und fortwährend. Aber jener Spitzname, mit dem offenbar Ihre Freundinnen mich bedacht haben, paßt mir nicht gerade. Und so will ich Ihnen antworten, daß ich nie versäume, die Beweggründe des Schuldigen zu sehen, jene wenigen, kleinen, abseitigen Gründe, die er hat, auch in den schlimmsten Fällen, und diejenigen, welche er jedenfalls zu haben glaubt. Ich sehe sie nicht aus bloßer Menschlichkeit, nicht bloß, weil ich ein Herz habe und ein…Rosenwasser-Polizist bin; sondern in erster Linie, weil ich mich oftmals auf den Standpunkt des Schuldigen stellen muß, wenn es mir überhaupt gelingen soll, ihn ausfindig zu machen und die Untat aufzudecken. Ich muß mich in ihn hineinversetzen, mir vorstellen, ich würde die Ordnung hassen, und mein schlimmster Feind sei der Maresciallo der Carabinieri. Auf diese Weise wird man notgedrungen, weil es technisch nicht anders geht, mitleidig.«

»Und nun, wollen Sie es mir nicht sagen?«

»Was denn?«

»Sie sprechen von einer kontinuierlichen Geisteshaltung. Aber ich meine eher ein Ereignis, Maresciallo. Ein Ereignis: die Geschichte eines Falls, wo Sie – wären Sie Ihrem Gefühl gefolgt – geradezu pflichtwidrig gehandelt hätten.«

»Ja, warum nicht? Das ist sogar erst kürzlich vorgekommen. Als ich in einem Dorf am Stadtrand von Turin war. Ich glaube, ich habe mich noch nie in einer so schwierigen Situation befunden. Ich hatte mich … verliebt – nein, verliebt ist nicht genau das richtige Wort. Und vielleicht würde Mario

39

selbst das, was ich zu beichten im Begriffe bin, falsch auslegen. Aber Sie sind eine feinfühlige Frau, und ich bin sicher, daß Sie mich verstehen werden. Also: nicht verliebt, ich war – wie soll ich sagen? – weich geworden, erschüttert, wegen eines Mädchens. Ich hätte sie gerne glücklich und zufrieden gesehen, verheiratet mit irgendeinem tüchtigen, fleißigen, ernsthaften und liebevollen Burschen. Ich hätte sie gern als Mutter gesunder, kräftiger Kinder gesehen, so gesund und kräftig, wie sie war; kurzum, als glückliche und zufriedene Ehefrau und Mutter. Jedoch…«

An der Bewegung, die er in der Dunkelheit des Wagens machte, merkte ich, daß Gigi seine Brille abgenommen hatte und sie mit dem Taschentuch putzte, wie er es immer tat, wenn er eine innere Bewegung verbergen wollte. Ich sah auch, daß er sie nicht sofort wieder aufsetzte; er hatte schon wieder zu erzählen begonnen.

… Sie hieß Michela. Michela Lunardon, aus irgendeinem Dorf bei Udine. Alter: gerade erst volljährig.

Im Dorf gab es einige kleine Industriebetriebe. Unter anderem eine Schnapsbrennerei, die auch die Erlaubnis hatte, ihre Fläschchen mit einem Destillat abzufüllen, das sie direkt aus Amerika oder aus Mailand bezogen, das weiß ich nicht mehr. Neben der Schnapsbrennerei lag die Wohnung des Besitzers, des Cavaliere Malacarne; eine kleine, zweistöckige, mit einem gewissen Luxus ausgestattete Villa. Cavaliere Malacarne hatte eine große Familie: die Frau, vier Kinder und die Schwiegermutter lebten im Haus sowie eine Köchin und zwei Zimmermädchen. Eines Tages ruft er mich an, ob ich bei ihm vorbeikommen könne: Er stelle seit einiger Zeit fest, daß gewisse Gegenstände und Nippes – eine Silberplatte, ein Jadefigürchen – verschwunden seien, die nicht gerade wertlos waren. Er verdächtigte eines der beiden Zimmermädchen. Aber der Schuldige mußte vielleicht auch unter den vierzig Arbeitern und Arbeiterinnen der Schnapsbrennerei gesucht werden; ein Durchgang, der immer offen war, verband sie ja mit der Villa.

Ich gehe. Schaue mir die Zimmermädchen an. Die eine beeindruckt mich sofort, ich will nicht sagen, wegen ihrer Schönheit, denn sie ist nicht schön, sondern wegen ihrer Frische, ihrer angenehmen Erscheinung, ihrer rosigen Hautfarbe, ihrer großen dunkelblauen Augen, ihres wirren blonden Haars, ihres Ausdrucks, der gleichzeitig rührend und befremdend, intelligent und verwirrt ist: derjenige eines lieben und großzügigen, aber auch verwöhnten und leicht neurotischen Mädchens – oder eher Jungen: denn sie hatte etwas Männliches an sich. Ich merke, fühle sofort, daß sie die Diebin ist. Und ich spüre es am Unbehagen, das ich empfinde. Ich beschließe, die Sache herauszubekommen und nicht mehr an das andere zu denken. Wo schlafen die beiden Mädchen? Zusammen in der Mansarde der alten Villa. Wir gehen hinauf. Die Mädchen steigen mir auf der knarrenden Holztreppe voraus.

Michela Lunardon ist groß, schlank, stark. Und ihr Mund ist nicht geschminkt, Lippenstift benützt sie nicht einmal zum Ausgehen. Zwei aufgeworfene, makellose, schwungvolle Lippen wie Rosenblätter. Sie zittern während des Verhörs. Arme Michela! Wo kommst du her? Sie nennt mir das Dorf. Und wieviele seid ihr in der Familie? Elf mit allen Geschwistern. Und wo sind die Brüder? Einige arbeiten auf dem Land, die andern sind nach Belgien und Deutschland ausgewandert; als Arbeiter, Bergleute. Die Schwestern? Zwei sind verheiratet. Die andern? Noch klein, zu Hause. Und du? Vor drei Jahren nach Turin gekommen, als Dienstmädchen in einem Herrschaftshaus, wo zuvor eine aus demselben Dorf gedient hatte, eine Kusine, die jedoch älter war. Dann war Michela weggegangen, weil es ihr nicht gefallen hatte. Sie hatte einige Male die Stelle gewechselt. Jetzt war sie seit einigen Monaten hier.

Die sorgfältige Untersuchung – unter den Matratzen, auf dem Schrank oben – hatte kein Ergebnis gezeitigt. Die massive Silberplatte fehlte erst seit dem Vorabend: Das wollte die Schwiegermutter des Cavaliere Malacarne beschwören. Die Platte konnte also nicht so weit weg sein.

›Und hast du einen Freund?‹ frage ich Michela. – ›Ja, ich habe einen.‹ – ›Und wer ist er?‹ – ›Er arbeitet in der Schnapsbrennerei, als Lieferwagenchauffeur.‹ – ›Wie heißt er?‹ – Michela wird rot und sagt: ›Ach, jetzt erinnere ich mich nicht mehr, wie er heißt … dabei gehen wir schon lange miteinander …‹

Mit Mühe erfahre ich endlich, daß er Antonio Schirru heißt und daß Michela ihn seit mehr als einem Jahr kennt. Seitdem sie in Turin bei der Familie eines Ingenieurs der Fiat-Werke im Dienst stand. Es war Schirru gewesen, der ihr mitgeteilt hatte, daß der Chef, Cavaliere Malacarne, ein Dienstmädchen suchte und daß er in der *Stampa* ein Inserat hatte erscheinen lassen. So hatte sie sich denn vorgestellt, doch ohne zu sagen, daß sie verlobt war, und auch nicht, daß sie einen Angestellten der Schnapsbrennerei kannte. ›Und weshalb hast du das nicht gesagt?‹ fragte ich sie.

Wiederum errötete Michela: ›Das weiß ich nicht … ich habe mich geschämt …‹ – ›Aber wenn nichts Schlimmes dabei war, mußtest du dich doch nicht schämen!‹

Tatsächlich fanden wir in der Garage – in einem Metallschränkchen versteckt – das vollständige und unversehrte Diebesgut. Schirru gab zu, daß Michela seine Freundin sei; er konnte es auch nicht leugnen, denn allzu viele Zeugen hatten sie mehrmals am Samstagabend oder Sonntag im Kino, beim Tanzen, auf dem Motorroller gesehen. Er leugnete hingegen, daß er die gestohlenen Sachen ins Schränkchen gelegt habe, er leugnete somit entschieden, daß er vom Vorhandensein eines Diebesgutes in der Garage wußte.

Michelas Antworten lauteten folgendermaßen: Sie hatte gestohlen, aber dann hatte sie es nicht gewagt, dem Freund etwas von der Sache zu sagen, denn sie war sicher, daß er sie gescholten hätte. So hatte sie eben für den Augenblick alles in das Schränkchen gelegt. Sie konnte nachts nicht schlafen, weil sie daran denken mußte, daß jenes versteckte Zeug plötzlich zum Vorschein kommen könnte. Und sie dachte ständig darüber nach, wie sie es wohl fertigbringen würde, alles wieder an seinen alten Platz zu tun, ohne daß jemand etwas davon merkte.

Es lag so viel Naivität, so viel schmerzliche Überraschung in ihrem Tun, und eine derart unwiderstehliche Aufrichtigkeit in ihren Versuchen zu lügen, daß ich beschloß, mich so gut wie möglich einzusetzen, daß sie gerettet wurde – und mit ihr selbstverständlich auch Schirru. Sie waren alle beide nicht vorbestraft. Schirru schien mir kein Naivling zu sein, ganz im Gegenteil. Er wohnte mit seiner Familie, den Eltern und einem Bruder, in einem Mietshaus auf der andern Seite des Dorfes, Richtung Bahngleise. Sie waren ausgewanderte Sarden. Der Vater arbeitete im Lager des Elektrounternehmens.

Cavaliere Malacarne gab auf mein Drängen hin endlich nach und machte keine Anzeige; er beschränkte sich darauf, alle beide fristlos zu entlassen. Das Mädchen bezahlte er nicht aus. Schirru hingegen erhielt alles, was ihm von Gesetzes wegen zukam. Es bestanden ja keine Beweise gegen ihn, nur Verdächtigungen oder Vermutungen. Aber er beklagte sich nicht. Er hatte anscheinend in Turin etwas Besseres in Aussicht. Und gerade in jenem Augenblick kam ihm das ausbezahlte Geld – was nicht wenig war – gelegen.

Natürlich rief ich die jungen Leute, bevor ich ihnen die Entscheidung des Cavaliere Malacarne – die ja für Michela besonders mild ausgefallen war – in die Kaserne und machte ihnen die Hölle heiß; und ich ließ mir versprechen, daß sie sich fortan gut aufführen würden.

Die Informationen, die ich über Schirru eingeholt hatte, stimmten darin überein, daß er ein tüchtiger, disziplinierter, umtriebiger Fahrer sei; außerdem hänge er sehr an der Familie. Aber ich bemerkte zwischen seinen Augen, den buschigen schwarzen Brauen, eine kurze, tiefe Furche; gleichsam ein Zeichen des Trotzes und des Widerstandes. Deshalb hatte ich, als ich mich von ihm verabschiedete, ihm die Hand gab und viel Glück wünschte, keine große Hoffnung, daß er auf mich hören werde. Doch sie … ach, sie blickte mich unverwandt und ohne eine Bewegung an, sie schluckte schweigend an den Winkeln ihres schönen Mundes die Tränen weg, die ihr über die scharlachroten, fiebrigen Wangen rollten. An ihrem Blick merkte ich, sie hatte verstanden, daß ich sie aus Zuneigung gerettet hatte – und daß meine Zuneigung diejenige eines Vaters war, nichts anderes.

Nach einigen Tagen besuchte sie mich in der Kaserne. Sie hatte in der größten Fabrik der Gegend eine Stelle als Arbeiterin gefunden; es war eine Firma, welche Plastikmaterialien preßte und daraus verschiedene Gegenstände herstellte: Deckel, Schachteln, Hüllen für elektrische Haushaltsgeräte und unzählige andere Dinge. Michela benötigte jedoch für die Firma eine Empfehlung, und sie wußte nicht, an wen sie sich wenden sollte. Cavaliere Malacarne würde sie ihr bestimmt nicht geben. Als sie dies sagte, lächelte sie. Ich hätte jenes Lächeln als ein Zeichen für, ich will nicht gerade sagen Zynismus, aber Leichtsinn, Unbewußtheit, Infantilität auffassen können oder vielleicht auffassen müssen! Ich deutete es jedoch als Scheu, als Scham. Ihre roten, rauhen Hände, Arbeiterhände, deren noch kindliche Finger kaum ausgeformt waren, stützten sich auf die glatte Fläche meines Schreibtisches. Und ich begriff oder glaubte zu begreifen – vielleicht bildete ich es mir ein –, daß Michela auf der ganzen Welt keine andere Stütze hatte: niemanden außer mir, und daß dies ihre Weise war, es mir zu sagen.

Gut, antwortete ich. Ich würde versuchen, sie bei der Fabrik zu empfehlen. Ich kannte den stellvertretenden Personalchef. Ich pflegte mit ihm abends Karten zu spielen. In Ordnung, sie solle gegen Ende der Woche wiederkommen. Aber wo sie jetzt wohne? In Turin? Nein, bei der Hebamme; für das Zimmer und die Mahlzeiten helfe sie ihr beim Putzen. Diese Auskunft erstaunte mich ein wenig. Nicht, weil die Hebamme einen schlechten Ruf hatte. Aber ich war neugierig wie es kam, daß Michela von der Hebamme aufgenommen worden war, und ich hatte Angst, sie danach zu fragen: Ich hatte Angst davor, daß die plumpe, offensichtliche Lüge in ihrer Antwort mir rasch und unaufhaltsam ein kleines Heiligtum zerstören würde, das ich mir lieber bewahren wollte.«

»Da haben wir ja den Widerspruch zwischen Gefühl und Pflicht«, sagte meine Frau gerührt und gleichzeitig belustigt. »Und Sie, Maresciallo, was haben Sie dann getan? Sie haben doch gefragt, nicht wahr?«

»Aber gewiß, Madame, gewiß; da können Sie sicher sein: Am Ende tue ich immer, was zu tun meine Pflicht ist – leider! Michela sagte, sie sei zur Hebamme gegangen, weil sie sie kenne und um Arbeit habe bitten wollen … haha; sie kenne sie schon lange, schon seit Jahren … und zwar, weil sie einmal einen Schreck gehabt habe, sie habe geglaubt, sie bekomme ein Kind, und da habe sie sich von der Hebamme untersuchen lassen, und zum Glück sei es nichts gewesen. Natürlich hatte Michela bis vor einigen Monaten in Turin gewohnt: Es war außerordentlich seltsam, daß sie, um sich untersuchen zu lassen, gerade zu der Hebamme in jenem kleinen Dorf gegangen war, anstatt eine in der Stadt aufzusuchen! Sie kannte sie also nicht schon seit Jahren. Und es war jener ehrbare Herr Schirru gewesen, der die Verbindung hergestellt hatte.

Michela fing in der Fabrik an zu arbeiten. Zuvor nahm ich ihr feierlich das Versprechen ab, daß sie sich gut aufführen werde. Sie begann zu arbeiten und wohnte weiterhin bei der Hebamme, welcher sie für das Zimmer und die Mahlzeiten eine kleine Entschädigung bezahlte. Schirru war noch immer in Turin oder reiste in Italien umher. Er sagte, er arbeite für eine Transportfirma. Im Dorf, in der Familie, sah man ihn selten. Aber er war noch immer mit Michela verlobt, denn jedesmal, wenn er kam, sah man ihn mit ihr zusammen. Er kam jeweils am Abend mit dem Motorroller. Er fuhr vor das Haus der Hebamme und pfiff. Michela ging hinunter, stieg auf den Rücksitz, und sie verschwanden in Richtung Turin. Oder in Richtung Rivoli, je nach Jahreszeit. Später kam Schirru nicht mehr mit dem Motorrad, sondern mit einem Auto, entweder allein oder mit einem Freund. Und das Auto war nicht immer das gleiche, und manchmal war es fast ein Luxusschlitten, ein Flitzer, wie man sagt. Michela hatte ein wenig elegantere Kleidchen. An all dem war noch nichts Erstaunliches: Mit dem Lohn, den sie in der Fabrik verdiente, und wenn sie nichts nach Hause schickte, konnte sie sich das leisten. Aber eines Tages erfuhr ich von meinem Freund, dem stellvertretenden Personalchef, daß sie gekündigt hatte. Sie habe sich nicht schlecht aufgeführt, wirklich nicht. Sie habe immer gearbeitet und nichts angestellt. Trotzdem hatte sie jetzt gekündigt. Es war fast ein Jahr vergangen, seitdem ich sie – auf den Anruf des Cavaliere Malacarne hin – zum ersten Mal gesehen hatte. Ach ja, es war wiederum Juni, wiederum Sommeranfang.

Und die letzte Nachricht, die ich von Michela bekam, war diese: An der Tür des Rathauses und an der Tür des Pfarrhauses hing das Aufgebot. Am Morgen des 9. Juni würden sie und Antonio Schirru heiraten. Ich wußte nicht genau, wie Schirru lebte. Aber der Vater, die Mutter und der Bruder waren zweifellos anständige Leute. So war auch ich für Michela glücklich. Und ich hatte mir schon vorgenommen, ebenfalls vor der Kirche zu stehen, um ihr meine Glückwünsche zu überreichen ... als Rosenwasser-Kommissar!

Am Abend des 8. Juni war ich nach dem Mittagessen noch in der Kaserne. Da ruft man mich ans Telefon. In der Stadt Alessandria seien an jenem Mittag innerhalb weniger Stunden mehrere Diebstähle verübt worden. Zwei im Zentrum geparkte Autos seien mit aufgebrochenem Schloß auf der anderen Seite des Tanaro aufgefunden worden; das Radio und verschiedene Gegenstände wie Mäntel, Köfferchen fehlten. Aus einer Tankstelle seien fünfzigtausend Lire und verschiedene Gegenstände, im Bahnhofsrestaurant Tabakwaren im Wert von hunderttausend Lire und dreißigtausend Lire Bargeld gestohlen worden. Es wurde ein roter Giulietta-Sportwagen verdächtigt, an dessen Steuer ein Mädchen saß; zwei junge Männer fuhren mit. Der Wagen hatte bei der Tankstelle gehalten, um Benzin zu tanken, und war auch am Bahnhof gesehen worden. Nun hatten gerade zwei Carabinieri, die von ihrem Rundgang zurückkamen, auf der Tanarobrücke einen roten Giulietta-Sportwagen wegen überhöhter Geschwindigkeit angehalten, der bestimmt derjenige war, den man verdächtigte: Nur waren die Carabinieri noch nicht informiert. Sie beschränkten sich darauf, eine Buße zu verhängen. Das Mädchen am Steuer hatte einen vorläufigen Führerschein, und es war Michela; einer der beiden Jungen, er hatte einen Lastwagenführerschein, war Schirru. Beide wohnten im selben Dorf; und deshalb riefen sie mich an. Der Wagen mit dem Turiner Nummernschild gehörte dem andern Jungen, einem gewissen Cobeddu, der wahrscheinlich aus demselben Dorf kam wie Schirru.

Ich dachte sofort daran, daß am Tag darauf die Hochzeit stattfinden sollte. Und ich hoffte auf einen Zufall: Rote Giulietta-Sportwagen konnte es in Alessandria noch mehrere geben, auch mit einem Mädchen am Steuer. Aber ich wußte sehr wohl, daß ich mir selbst etwas vortäuschte. Und wie beim erstenmal fühlte ich, daß es ihretwegen war – am Unbehagen, das ich empfand. Auf jeden Fall – sagte ich mir – würden sie, bevor sie heirateten, wenigstens die letzte Nacht zu Hause verbringen. Ich nehme einen Carabiniere mit und gehe. Ich schicke den Carabiniere zur Familie Schirru, ich selber gehe zur Hebamme. Wir treffen einander nach einer Viertelstunde auf dem Platz. Nichts. Ja, sie würden morgen heiraten. Alles sei bereit, sowohl bei ihr als auch bei ihm. Aber man habe die beiden schon seit einigen Tagen nicht mehr gesehen: Michela begleite ihren Verlobten in den Autos oder Lastwagen auf die Dienstfahrten, die er machte. Was für eine Art Dienstfahrten das waren – Handelsvertretungen oder Personentransporte –, wußten Schirrus Mutter und die Hebamme nicht. Mir war nun alles nur zu klar.

Und tatsächlich, mein Carabiniere und ich hatten einander kaum beim Café an der Ecke getroffen, als ich ein Brummen hörte und von der Turiner Straße her den roten Sportwagen mit hoher Geschwindigkeit auf den Platz einbiegen sah. Der Polizist stürzt herbei und gebietet Halt. Der Wagen fährt, ohne zu verlangsamen, weiter. Aber als er am Ende des Platzes angekommen ist, hält er an und fährt zurück.

Am Steuer sitzt Michela; sie hält vor mir und schaut mich an – die blonden Haare wirr vor den Augen hängend – und lacht mir, rot wie eine Pfefferschote, zu: ›Signor Maresciallo, feiern Sie morgen früh mit uns Hochzeit?‹

Ich heiße alle drei aus dem Wagen steigen; der dritte, ein um wenige Jahre älterer Kerl als Schirru, war Cobeddu, der erschrocken dreinschaut. Schirru hingegen lacht ebenfalls, wie Michela. Auch er ist bis zuletzt überzeugt, daß sie glimpflich davonkommen. Nach allem – sage ich mir – sind sie Idioten! Oder aber sie müssen sehr wenig Achtung vor unserer Polizei und den Carabinieri haben!

Auf den Sitzen sehe ich drei in Zellophan eingehüllte Radios. Ich frage Michela: ›Woher kommen denn die?‹

›Das sind Schuhe, eine Freundin, Anna, hat sie mir zum Aufbewahren gegeben.‹

›Wie, Schuhe sollen das sein? Siehst du denn nicht, daß es Radios sind?‹ Doch Michela sieht nichts. Sie beharrt darauf, daß es sich um Schuhe handle und daß sie jedenfalls nichts davon wisse; sie habe bloß ihrer Freundin Anna einen Gefallen tun wollen, die morgen zur Hochzeitsfeier in die Kirche kommen und sie heiraten sehen werde; so könne sie die Gelegenheit nutzen, ihr die Schuhe zurückzugeben.

›Es tut mir leid, Michela…‹ – und innerlich mußte ich fast sagen: Es tut mir leid, daß du zurückgekehrt bist; wenn du geradewegs nach Hause gegangen wärest, hätte dir die Hebamme gesagt, ich würde vorbeikommen, und du wärest vielleicht entwischt. Aber was hätte es dir schließlich genützt? Und so schloß ich: ›…Es tut mir leid, Michela: Aber ich befürchte, ihr müßt die Hochzeit um einige Monate verschieben‹. Und ich verhaftete sie.

Sie brach in ein verzweifeltes Schluchzen aus. Ich aber war bewegter als sie. Und als ich in meine Wohnung hinaufging und mich zu meiner Frau ins Bett legte, die schon schlief, lag ich im Dunkeln noch einige Zeit wach: vielleicht bis zum Morgengrauen. Ich konnte nicht einschlafen, weil ich daran denken mußte, daß in der Zelle, im unteren Stockwerk, Michela war. Und ich fühlte die schreckliche Versuchung, hinunterzugehen und sie zu besuchen: nur um sie zu sehen. Natürlich blieb ich, wo ich war. Und währenddessen sagte ich zu mir: Wie grausam manchmal das Leben ist – grausam und ungerecht. Daß ein gutes Mädchen notgedrungen schlecht enden muß, und daß einer wie ich, der in diesem Fall alles sieht und voraussieht, nichts, aber auch gar nichts unternehmen kann, um ihr zu helfen, um ihr jenes heitere, anständige und glückliche Dasein zu ermöglichen, das doch für sie so selbstverständlich sein sollte.«

EIN SCHLICHTES GEMÜT

»Als ich in Ovada war, hatte ich einen Schreiber bei mir, der aus der Provinz Enna stammte und Bastiano hieß. Er war ein körperlich unerhört starker, aber vierschrötiger, kleiner Junge; ich glaube, er erreichte mit knapper Not die für Carabinieri vorgeschriebene Größe. Sein dichtes, braunes Haar war gelockt und so starr wie Draht. Niedrige Stirn. Seine großen grünen Augen waren so rund wie Glaskugeln. Und er hatte eine sehr helle rosige Haut mit zwei scharlachroten Flecken über den Schläfen. Wer ihn zum erstenmal sah, mochte denken, er habe Fieber oder komme gerade vom Wachestehen bei einem Feuer.

Von Charakter war er still, folgsam, zuverlässiger als zuverlässig. Und so simpel und stur, daß er sogar als Dummkopf gelten konnte, was er jedoch ganz und gar nicht war. Bei allen Fragen, mit denen er konfrontiert war, bei allen mehr oder weniger schlimmen Ereignissen, in die er sich verwickelt sah, erkannte er sofort und immer nur die eine Seite; er ergriff Partei und blieb dabei bis zum Ende, auch wenn sich in der Zwischenzeit die Situation ganz offensichtlich verändert oder gar ins Gegenteil gekehrt hatte. Er kümmerte sich nicht um die Ratschläge oder Anordnungen seiner Kollegen und gab nur den Befehlen eines Vorgesetzten nach – dann aber unverzüglich.

Er war, alles in allem, ein sehr tüchtiger Bursche. Vorausgesetzt jedoch, daß man ihn kannte und entsprechend zu behandeln wußte, wie ich es immer tat: ich vermied sorgsam – soweit ich es konnte – ihm irgendwie heikle Aufträge anzuvertrauen, bei denen man auch nur die geringste Schwierigkeit voraussehen konnte. Dann wäre er nämlich ein sehr gefährlicher Kollege gewesen, hätte unbesonnen Verwirrung gestiftet und mir Unannehmlichkeiten bereitet.

Als ich in Ovada ankam, fand ich ihn unter den Carabinieri meiner Dienststelle, und nur schwer konnte ich verstehen, was für eine Art Mensch er war, ich wunderte mich, daß er den Grad eines Gefreiten hatte erreichen können. Je mehr ich darüber nachdachte, desto weniger konnte ich es begreifen. Ich erfuhr dann, daß er dank seines Mutes bei einer Feuersbrunst in Sardinien einem meiner Kollegen das Leben gerettet hatte, und auf diese Weise hatte er sich die Hosenstreifen verdient, die im Königreich…« Gigi stockte und verbesserte sich eilig: »… ja, die im Heer denjenigen eines Korporals entsprechen.« Auch er war jetzt rot geworden, aber nicht von einem Feuer, sondern wie wenn einen Augenblick lang von innen durch seine eingefallenen, alabasterfarbenen Wangen eine Flamme geleuchtet hätte.

Du guter Gigi! Wie quält der kleinste dein Gewissen! Ich mußte an die Formulierung der Danteschen Absolution denken, und bestimmt hätte ich sie ihm wiederholt, wenn es mich nicht freundlicher gedünkt hätte, über den harmlosen Versprecher eines alten Carabiniere hinwegzugehen.

»Zum Glück jedoch gehen die Carabinieri immer zu zweit aus. Ich achtete deshalb darauf, daß ich Bastiano immer mit einem Carabiniere auf einen routinemäßigen Rundgang schickte, dessen gesundem Menschenverstand ich voll und ganz vertrauen konnte, auch wenn er einen tieferen Dienstgrad hatte. Wenn jedoch etwas Schwierigeres im Anzug war, gab ich Bastiano dem Brigadiere Ferroglio mit, der aus Asti stammte und mein zweites Ich war: stämmig, gutgelaunt, mit guten Nerven.

Es ist Sommer, ein Sonntagmorgen; ich komme etwas später als gewöhnlich zum Mittagessen. Das kommt an Feiertagen vor. Und während ich in meine Wohnung hinaufsteige – meine Frau hatte mir Paprikaschoten zubereitet, ich hatte es schon auf der andern Seite des Platzes gerochen –, höre ich von der Kantine her ein großes Gelächter. In dem

Moment achte ich nicht darauf. Oder vielleicht ziehen mich die Paprikaschoten stärker an. Aber nachher erzählt mir Ferroglio alles. Sie lachten in der Kantine über Bastiano. Sie machten sich über ihn lustig, weil er sich, wie sie behaupteten, verliebt habe. Und er bestritt dies wütend, nein, nein, es sei nicht wahr; aber die andern hörten natürlich nicht auf, ihn zu foppen.

Am Abend zuvor hatte ein Pferdezirkus auf dem Marktplatz eine Vorstellung gegeben, und Bastiano hatte sich offenbar in die Besitzerin, die Dompteuse, verliebt.

Kurzum, am Nachmittag schicke ich Ferroglio und einen anderen Carabiniere in den Zirkus. Und abends gehe ich selbst hin und nehme Bastiano mit.

Es war ein ganz erbärmlicher, mit den geringsten Mitteln arbeitender Zirkus. Ein zahmes Pferd und eine vierzehnjährige Kunstreiterin, ein Affe und ein Narr, der Direktor, der sich wichtig macht, und die Hauptnummer – die einzige einigermaßen bemerkenswerte –, eine Löwin mit der Dompteuse, das war eben die Besitzerin.

Sie war eine schöne Frau: groß, schlank, mit bis auf die Schultern fallendem, glattem blondem Haar und üppigem Busen, der das rote, mit schwarzen Schnüren zusammengehaltene Leibchen zu sprengen schien – ob er nun echt oder falsch war. Sie war eine Deutsche, wie fast alle ihres Berufs; man merkte es an ihrem langen, kräftigen Gesicht, an der harten Form ihrer Lippen und – für denjenigen, der überhaupt noch daran zweifelte – am unverkennbaren Akzent: ›Siknori e siknore, prego atthenziooone!‹

Bastiano hatte sich mit meiner Erlaubnis neben das Zelt gestellt, aus welchem die Artisten erschienen. Ich saß, nicht weit davon entfernt, in der ersten Reihe, und behielt ihn im Auge. Auf der Strecke von der Kaserne zum Zirkus hatte ich etwas Ungewohntes in seinem Benehmen festgestellt; doch ich hütete mich sehr wohl, die Dompteuse zu erwähnen, da ich mir dachte, der arme Bursche sei schon verwirrt genug. Er hatte sich vor dem Ausgehen nochmals rasiert. Und er hatte so ausgiebig Kölnischwasser oder sonst ein Parfüm verwendet, wie es das Reglement ausdrücklich verbot. Doch weshalb sollte ich ihn zurechtweisen? Das wäre eine überflüssige Bosheit gewesen: Ich wußte ja, daß der Zirkus am andern Tag seine Zelte abbrach und daß die Dompteuse bald eine harmlose Erinnerung sein würde ...

Sie war während der Kunststücke aus dem Zelt hervorgekommen und gerade neben ihm stehengeblieben. Und er starrte sie mit hervorquellenden Augen an, als sähe er die Madonna. Trotzdem bemerkte ich plötzlich, daß sie miteinander sprachen. Ja, sie unterhielten sich tatsächlich. Ich hatte den Anfang verpaßt: War er es gewesen, der sie zuerst angesprochen hatte? Oder sie ihn? Da er so scheu war, neigte ich eher zur letzteren Annahme. Und Bastiano sah gut aus, und zudem ist ein Carabiniere bei jenen Leuten immer gern gesehen; man kann ihn immer brauchen. Bastiano sprach in einem fort, eine lange Rede, die ich ihm niemals zugetraut hätte. Und er war ganz blau angelaufen. Da, nun mußte er ihr ein Kompliment gemacht haben, denn die Dompteuse bog den Kopf zurück und schüttelte laut lachend ihr blondes Haar. Und kurz darauf steckte Bastiano fiebrig die Hand in die Tasche und hielt ihr tatsächlich – bestimmt mit zittrigen Fingern – sein Päckchen ›Nazionali‹ hin, um ihr eine Zigarette anzubieten. Und die Dompteuse zog mit einer Bewegung, die eines Filmstars würdig war, eine heraus. Bastiano zündete sie ihr mit dem Feuerzeug eilig an. Ich merkte an den Gesten, daß sie ihn fragte, weshalb er nicht auch rauche, und daß er antwortete, dies sei ihm im Dienst nicht erlaubt.

Die Nummer mit der Löwin war die letzte. Vier Freiwillige aus dem Dorf zogen den Käfig auf Rollen mitten in den Zirkus. Darin lag das Raubtier, als ob es schlafe. Dann ertönten die Trompeten und wirbelten die Trommeln: Die Dompteuse trat auf. Sie hielt eine kleine Ansprache und trat endlich in den Käfig.

Die Löwin mußte alt und krank sein. Die Dompteuse reizte sie ständig mit ihrem langen Eisenstab, aber das Tier rührte sich nicht. Aber während das Publikum pfiff, schüttelte es sich plötzlich. Es erhob sich, streckte sich aus, sperrte den Rachen auf und gab einen Laut von sich, der eher einem Gähnen als einem Gebrüll ähnlich war. ›Puontschorno, Milady!‹ schrie die Dompteuse. ›Diese Herrschaften fragen, ob Sie gut geschlafen haben!‹ Und so begannen die Übungen: Die Löwin schlich im Käfig umher, während die Dompteuse sie mit dem Eisenstab antrieb; sie sprang oder – besser gesagt – kroch durch einen Ring, den die Dompteuse hielt; sie stieg auf einen Holzwürfel, zuerst mit den Vorderbeinen, dann mit allen vieren. Und alles mit langsamen, kraftlosen Bewegungen – ein schlechthin peinliches Schauspiel. Wenn das Publikum trotzdem Gefallen daran zu finden schien, muß gesagt sein, daß dies sich an einem Sommerabend vor zwanzig Jahren in Ovada ereignet hat, das heißt, als es noch kein Fernsehen gab.

Natürlich vergnügte ich mich während der Nummer mit der Löwin vor allem damit, Bastiano zu beobachten: Dies war für mich das wahre Schauspiel. Und wenn ich imstande wäre, dir sein Gesicht, sein Zittern, seine – wie soll ich sagen? – beherrschten und gezügelten Verrenkungen zu beschreiben, jedesmal, wenn die Dompteuse sich der Löwin ein wenig mehr näherte oder jedenfalls so tat, als begebe sie sich in Gefahr – dann wäre ich ein großer Romanschriftsteller und nicht ein gewöhnlicher Maresciallo bei den Carabinieri.

Das Reglement untersagt den Carabinieri im Dienst, Beifall zu klatschen. Bastiano verstieß mit solcher Heftigkeit gegen dieses Verbot, daß ich nachher gezwungen war, ihn sanft zurechtzuweisen. Aber ich brachte es nicht über mich, ihm zu verbieten, worum er mich mit Tränen in den Augen bat: Am nächsten Abend, am Montag, zog der Zirkus für eine einzige Vorstellung nach Prato Alborato, einem wenige Kilometer weiter nördlich liegenden Dörfchen; Bastiano bat flehentlich darum, daß er nochmals Dienst haben dürfe, um sie ein letztes Mal zu sehen! Ich erlaubte es und schickte Ferroglio mit ihm.

Am nächsten Abend – Mitternacht war schon vorbei – saß ich vor dem Café auf der Piazza. Das Kartenspiel war schon seit einer Weile beendet, aber ich konnte mich nicht entschließen, schlafenzugehen. Ovada liegt kaum zweihundert

Meter über dem Meer, die Berge des Orbatales sind nicht hoch. Und doch sind die Sommernächte kühl: Es bläst ein leichter Wind, man fühlt sich wie auf dem Lande.

Da fährt ein Auto heran und hält vor dem Café. Es ist einer, den ich kenne, Calcaprina heißt er, der Sohn des Sägereibesitzers aus Molare; ein Freund ist bei ihm. Er kommt geradewegs auf mich zu: ›Wir sind im Zirkus gewesen, in Prato Alborato. Wissen Sie, was passiert ist‹?

›Nein‹, sage ich; doch unwillkürlich stehe ich auf, ich begreife, daß es eine Sache ist, die mich angeht.

›Nun … ein Carabiniere … ich glaube, es ist einer der Ihren, ein kleiner, schwarzer, ein Sizilianer…‹

›Was hat er angestellt?‹ – und noch bevor ich es erfahre, weiß ich, daß es meine Schuld ist: Ich hätte Bastiano nicht nachgeben dürfen!

›Folgendes hat er angestellt: Zwei Revolverschüsse hat er abgefeuert und die Löwin umgebracht.‹

›Gibt es im Publikum Verletzte?‹

›Nein, zum Glück nicht. Aber es hätte leicht passieren können. Wenn Sie vielleicht hingehen, es ist ein Durcheinander… Es sind noch alle dort und streiten.‹

›Weshalb streiten sie?‹

›Weil der Polizist geschossen hat, da er die Dompteuse in Gefahr glaubte; sie hingegen und ihr Mann, der Direktor, schreien wie Besessene, das sei überhaupt nicht wahr, die Vorführung sei normal verlaufen, ihr Carabiniere sei ein Verrückter, das Tier sei so und so viele Millionen Lire wert gewesen, und jetzt seien sie ruiniert, und der Staat müsse es ihnen vergüten…‹

Ich unterbreche ihn und frage sofort, ob auch er – da er ja dabei gewesen sei – den Eindruck gehabt habe, die Löwin sei derart wild geworden, daß sie für das Leben der Dompteuse eine Gefahr bedeutete; so wäre die Tat des Polizisten ja gerechtfertigt gewesen.

Calcaprinas Antwort war, wie befürchtet, zweideutig: ›Ja, zweifellos … Nun … das Tier schlief und hatte keine Lust zu arbeiten … es schien halbtot zu sein. Die Dompteuse versuchte, es durch einen Reifen zu treiben, aber es wollte nicht. Da wirft die Dompteuse den Reifen weg; sie versucht, die Löwin mit einigen Peitschenhieben zu ermuntern und stößt sie mit dem Eisenstab in die Seiten. Plötzlich jedoch wendet sich das Tier mit einem halblauten Knurren um und erhebt eine Pranke; um ihr auszuweichen, macht die Dompteuse einen raschen Sprung nach hinten ... sie verfängt sich im Reifen, der am Boden liegt, und fällt hin. Die Löwin springt. Die Dompteuse ist sofort wieder auf den Beinen, mit dem Eisenstab in der Hand. Doch inzwischen: Piff, paff! Der Carabiniere, der ebenfalls bis zum Käfig hingesprungen war, hat aus kurzer Distanz geschossen, indem er den Revolver zwischen dem Gitter durchstreckte; er traf die Löwin am Kopf. Einige Leute hatten den Eindruck, die Dompteuse sei in Gefahr gewesen. Und andere – auch ich zum Beispiel – nicht. Der Direktor schrie den Carabiniere und den Brigadiere an; er behauptete, er könne ohne weiteres eine große Anzahl Zeugen aufbieten, welche mehrmals denselben Vorfall miterlebt hätten, ohne daß dieser für die Dompteuse irgendwelche Folgen gehabt habe. Er schrie, das sei nicht ein Unfall, sondern ein Spiel gewesen; und daß die Dompteuse über den Reifen stolperte und hinfiel, sei absichtlich und vorbereitet gewesen.‹

Ich bat Calcaprina, er möge so freundlich sein und mich in seinem Auto an den Ort bringen. Zu jener Zeit hatten noch nicht alle einen Jeep zur Verfügung. Wir fahren ab, fahren durch Lercaro, La Pieve, Silvano und erblicken gerade die Lichter von Prato Alborato. Da bemerken wir zwei Schatten, die auf dem Fahrrad rasch auf uns zukommen: Ferroglio und Bastiano. Ich lasse anhalten, steige aus. Bastiano schnellt in Habacht-Stellung und starrt mich unbeweglich, angstvoll an; rundum das undeutliche Licht und die tiefen Schatten der Mondnacht. Ich nehme Ferroglio beiseite. Aber ach, seine Erzählung stimmt haargenau mit derjenigen Calcaprinas überein.

›Bastiano!‹ rufe ich. Und er springt herbei: ›Ja, Signore.‹

›Bastiano, weißt du, daß du mir da eine schöne Geschichte beschert hast?‹

›Signor Maresciallo, wenn ich die Dame nicht gerettet hätte, wäre sie gestorben. Ja, gestorben wäre sie, ganz bestimmt. Ich allein habe sie gerettet.‹

›Na, na, anscheinend nicht, Bastiano. Es scheint, die Sache verhält sich anders. Offenbar war das nur Theater, eine gefahrlose Darbietung.‹

›Das ist nicht wahr. Glaub niemandem, Signor Maresciallo!‹ Wenn er aufgeregt war, konnte Bastiano einen nicht siezen. ›Glaub das nicht: Wenn ich sie nicht gerettet hätte, wäre die Dame gestorben.‹

›Und jetzt wird der Zirkusdirektor wegen des Schadens vor Gericht gehen. Und du wirst bestraft werden.‹

›Sie sollen mich nur bestrafen, Maresciallo. Aber wenn ich sie nicht gerettet hätte, wäre die Signora…‹

›…gestorben, ich hab’ verstanden, Bastiano. Aber wenn du nicht in die Dame verliebt gewesen wärest, hättest du diesen Riesenblödsinn nicht getan.‹

›Ich bin nicht verliebt. Ich bin Carabiniere, und ich habe meine Pflicht getan. Sie sollen mich nur bestrafen. Ich habe meine Pflicht getan. Wenn ich sie nicht gerettet hätte, wäre die Dame gestorben.‹

Man weckte mich beim Morgengrauen. Der Zirkusdirektor und die Dompteuse kamen, um Beschwerde zu erheben. Die Karawane stand auf dem Platz; im ganzen bestand sie aus drei kleinen Wagen, und auf dem Dreiradlieferwagen, gleichsam als Corpus delicti, die Leiche der Löwin.

Der Direktor behauptete, die Löwin hätte noch mindestens zehn Jahre gelebt! Ihr Verlust bedeute für ihn den Untergang! Sie sei der Höhepunkt der Vorstellung gewesen! Er werde sich an einen Advokaten in Alessandria wenden. Er werde vollen Schadensersatz verlangen. Seine Frau hustete und murmelte auf deutsch dem Tonfall nach offensichtlich bösgemeinte, verächtliche Worte. Sie trug einen Schottenrock mit Pullover, hatte das blonde Haar aufgesteckt und unter einer Baskenmütze versteckt und hielt eine Zigarette zwischen den dünnen Lippen; sie hatte nichts mehr von der

Ausstrahlung, die auch ich während der Vorstellung, als sie das Dompteusenkleid trug, verspürt hatte. Das kam wohl von dem ungeschminkten, blassen, langen, schlaffen Gesicht und den halbgeschlossenen, zwischen den Lidern verlorenen, vom Tageslicht wie geblendeten Augen.

Von dem üppigen Busen schien jedenfalls unter dem Pullover nicht einmal eine leichte Wölbung übrigzubleiben. Ich dachte mir, jetzt hätte Bastiano sein Idol sehen müssen: Das hätte ihm in Zukunft geholfen – auch wenn er einmal nicht mehr Carabiniere sein würde –, sich nicht mehr so rasch zu vernarren. Ich wandte mich zur Kaserne und sagte, man solle Bastiano rufen. Doch er war schon da, unter der Tür: Seine runden grünen Augen starrten die Dompteuse an.

›Dieser Idiot!‹ murmelte sie, als sie ihn erblickte.

Ich schlug mit der Faust auf den Schreibtisch: ›Signora, ich begreife, daß Sie wegen der – sagen wir so – finanziellen Folgen des Verlustes etwas durcheinander sind. Aber ich mache Sie darauf aufmerksam, daß Sie einen Hüter der Ordnung beleidigt haben; ich könnte Sie ohne weiteres verhaften.‹

›Erlauben Sie, Signor Maresciallo, daß ich zu der Dame etwas sage?‹ Bastiano trat einige Schritte hervor.

›Nein‹, sagte ich. Bastianos Augen füllten sich sofort mit Tränen; er beharrte: ›Nur ein einziges Wort möchte ich zu ihr sagen, Signor Maresciallo!‹

Ich dachte, aus der Gegenüberstellung könnte sich vielleicht eine nützliche Einzelheit für das Protokoll, das ich würde anfertigen müssen, ergeben. Ich sagte Bastiano, er könne sprechen, und er machte daraufhin einen weiteren Schritt auf die Dompteuse zu. Reglos, starr auf sie blickend, sprach er sie an: ›Schöne Frau, ich bin ein Dummkopf. Aber du wärest gestorben. Wenn ich dich nicht gerettet hätte, wärest du gestorben.‹«

Ich sagte zu Gigi: »Ein Mensch aus einem Guß. Flaubert hätte ihn ›ein schlichtes Gemüt‹ genannt.«

Gigi errötete nochmals. Er wußte nicht genau, wer Flaubert war. Und ich verspürte – wie es mir nicht selten geschieht – eine gewisse Bitterkeit, weil dieser Schriftsteller, den ich fast als Heiligen verehrte, unterschätzt würde. Bei den Namen Balzac, Dickens, Tolstoi wäre Gigi nicht errötet. Ich wollte ihn aber wieder aufmuntern und kam auf unser Gespräch zurück: »Man muß bedenken, daß bis vor vierzig oder fünfzig Jahren auf den Bergen rund um Enna die meisten Leute Hirten waren. Aber dann? Sag, wie ging dann die Geschichte zu Ende?«

»Das staatliche Rechnungsbüro bezahlte dem Zirkus keinen Schadensersatz, obwohl die Forderung auf ein ganz geringes Maß zurückgesunken war.«

»Und Bastiano?«

»Bastiano erhielt eine leichte Disziplinarstrafe. Als einige Monate danach seine Dienstzeit abgelaufen war, quittierte er auf meinen Rat hin den Waffendienst. Inzwischen war mir ein Jeep zur Verfügung gestellt worden, und ich hatte ihn die Fahrprüfung machen lassen. Er fuhr ein wenig scharf, aber sehr sicher. Heute ist er verheiratet und hat zwei Kinder. Er lebt in Genua und ist in einer Transportfirma Lastwagenfahrer.«

DIE LEDERMÜTZE

»Irgendwelche Neuigkeiten?« frage ich Gigi, sobald wir uns an den gewohnten Tisch im ›Tre Ganasce‹ gesetzt haben und den Duft der Tortelli einatmen, die soeben aufgetischt worden sind. Wenn man bedenkt, daß ein ganzer, stürmischer Sommer und schon die Hälfte dieses so milden Herbstes vergangen ist, ohne daß wir einander sehen konnten, nicht einmal auf einen Wermut.

»Nichts Neues«, antwortet Gigi militärisch. »Es sieht tatsächlich so aus, als wolle das Schicksal, daß ich meine Laufbahn als Carabiniere hier in Piacenza bei der Justizabteilung beende … Versteh mich recht: Wenn die Autobahn Turin-Piacenza schon betriebsbereit wäre, könnte ich mir keine bessere Stelle wünschen!«

»Was hat denn die Autobahn damit zu tun?«

»Nun ja, du mußt verstehen: Ich habe ihren Verlauf noch nicht in Augenschein genommen, aber …« – Gigi spricht in seinem Protokollstil, den er aus angeborener Schüchternheit im Gespräch verwendet, besonders, wenn wir uns schon seit einiger Zeit nicht mehr gesehen haben – »… aber, wo auch immer die Autobahn verläuft, es wird wohl eine Zufahrt geben, die nahe genug bei meinem Dorf im Monferrat liegt. Und so wäre es für mich einfach, ab und zu – natürlich nur, wenn der Dienst es erlaubt – einen Ausflug zu machen: um jenes Stück Land zu besuchen, das ich dort noch habe, das Häuschen, das ich unbedingt wieder in Ordnung bringen möchte – füs Alter. Die Autobahn ist von den zuständigen Stellen genehmigt und beschlossen worden, daran besteht kein Zweifel. Aber ich weiß bis heute noch nicht, ob man mit den Arbeiten wirklich begonnen hat. Manchmal frage ich mich: Wird die Autobahn fertig sein, bevor ich in Pension gehe? Vielleicht kann ich nicht einmal mehr davon profitieren.«

»Sie kommen jetzt sehr zügig voran«, sage ich, um ihn aufzumuntern.

»Ich weiß, sie arbeiten sehr zügig. Sie haben neue Teermaschinen. Die Metallelemente der Brücken und Viadukte sind vorfabriziert. Und so weiter, und so fort. Aber die Maschinen sind noch nicht alles. So ist es ja immer: Du brauchst es nur nicht zu wünschen, und schon überstürzen sich die Ereignisse – wie man zu sagen pflegt. Wenn du sie hingegen vorantreiben möchtest, lassen sie auf sich warten.«

»Du wirst schon sehen, daß sie diesmal blitzartig eintreffen werden«, fahre ich scherzhaft fort. Mich dünkt, ich bemerke eine Spur von Schwermut in der ständigen Heiterkeit seines Ausdrucks: einen müden Schleier auf der natürlichen Blässe des Gesichtes, während die Augenlider hinter den Goldrändern der Brille sich plötzlich gesenkt haben.

»Nein, ich denke jetzt nicht an mein Dorf, im Gegenteil…« – Gigi lächelt traurig – »… im Gegenteil: Ich denke an die Verbreiterung der Autobahn Turin-Mailand vor zwei Jahren, oder wenigstens an das Teilstück der Baustelle bei Cigliano, ein Teilstück, das früher fertig wurde als vorgesehen…«

In diesem Augenblick wurde die erste Flasche Val Tidone und eine riesige dampfende Schüssel voll Tortelli aufgetischt. Die Geschichte war offenbar nicht allzu lustig, und Gigi verschob sie auf die Zeit nach dem Mittagessen.

»Wahrscheinlich wurde ich gerade im Hinblick auf die Bauarbeiten nach Cigliano versetzt. Eine große Baustelle mit Wohnbaracken für viele Arbeiter sollte der Autobahn entlang entstehen. Die Arbeiter kamen aus dem Süden, aus Venetien, aus anderen Ortschaften des Piemont selbst, eigentlich aus allen Gegenden Italiens. Eine gewisse Aufsicht war notwendig, weil es im Dorf und in der Umgebung verschiedene – große und kleine – Industriebetriebe gab und die Arbeiter, die aus dem Ort selbst stammten oder sich als Zugewanderte in Cigliano bereits fest angesiedelt hatten, abends oder an Festtagen allzu leicht mit den weniger gut kontrollierbaren Gelegenheitsarbeitern in Konflikt geraten konnten.

Ich war seit einigen Wochen in Cigliano, als die Bauarbeiten in Angriff genommen wurden. Nun war der erste Mensch, den ich kurz nach meiner Ankunft kennengelernt hatte, leider gerade er gewesen. Leider! Nicht, weil man es ihm sofort angesehen hätte; sein Aussehen hatte, auch wenn man ihn von nahem beobachten konnte, nichts besonders Abnormes an sich. Sondern weil er der erste Mensch war, auf den mich sofort alle hingewiesen hatten. ›Signor Maresciallo, schauen Sie den an… Rufen Sie ihn mal… Bringen Sie ihn ein wenig zum Reden…‹ Kurzum, der klassische Fall des Dorftrottels.

Er war allerdings ganz lumpig gekleidet: Eine Menge Jakken und Pullover trug er übereinander – wer weiß, wo er die alle her hatte. Er trug eine Brille, die ebenfalls kaputt war und mit einem Stück Zwirn und ein wenig Isolierband notdürftig zusammengehalten wurde. Er sah aus wie ein Intellektueller, der aus irgendeinem Grunde elend heruntergekommen war. Aber man brauchte nur ein paar Worte mit ihm zu wechseln, um zu merken, daß er ganz und gar kein Intellektueller war: Nur die Brille und sein mageres Gesicht verliehen ihm jenes Aussehen. Gleichzeitig merkte man, daß er ganz und gar kein Trottel war. Er war ein schöner Bursche: groß, schlank, stark, mit einem offenen, sehr sympathischen, gescheiten Lächeln. Nur lächelte er allzu selten. Er machte ständig ein finsteres, ja beleidigtes Gesicht, als ob ihm ein großes Unrecht angetan worden sei und als ob er sich von allen gehaßt fühlte. Das stimmte nicht. Die Besitzer der drei Cafés im Ort zum Beispiel mochten ihn gern; und sie ließen ihn herein, wenn er fernsehen oder Billard spielen wollte, obschon sie ganz gut wußten, daß er nichts bestellen würde – aus dem einfachen Grunde, weil er niemals auch nur zehn Lire in der Tasche hatte. Aber die Gäste vertrieben ihn manchmal auf freche Weise: Sie behaupteten, er stinke. Dann schien er immer fast in Tränen auszubrechen und stammelte oder zerstückelte die Wörter wie ein Kind, das noch nicht ganz richtig sprechen kann. Abgesehen von jenen Augenblicken redete er jedoch ohne die geringste Schwierigkeit. Seine Krankheit – das fand ich bald heraus – bestand im einfachen Umstand, daß er sich als Knabe geweigert hatte, einen Beruf zu erlernen, und daß er später – es fehlte ihm jeder Arbeitswille, vielleicht war er sogar unfähig, die Notwendigkeit der Arbeit einzusehen – der erste gewesen war, der die Mär von seiner eigenen geistigen Minderbegabung gefördert hatte. Nicht zu Unrecht jedoch sagte der Bezirksarzt, es handle sich um einen Fall von ›zum Stillstand gekommener Entwicklung‹; die Schuld für Aduos sämtliche Schwierigkeiten mußte man zweifelsohne der Mutter zuschreiben.

Aduo, ja: Er hieß Aduo, weil er im Oktober 1935 am Tag der Eroberung von Adua geboren worden war. Die weibliche Form mag noch gehen; aber für einen Mann ist das doch ein lächerlicher Name, und vielleicht hat gerade auch er auf irgendeine Weise dazu beigetragen, daß Aduo im Ort für einen vollständigen Idioten galt. Dabei litt er einfach an einer Nervenkrankheit, einer Krankheit, die meiner Meinung nach durchaus heilbar war.

Er war Einzelkind. Sein Vater – Tischler von Beruf – war zu den Gebirgstruppen einberufen worden, machte zuerst den Griechenlandfeldzug mit und wurde dann für ›an der Ostfront vermißt‹ erklärt. Die Mutter hatte sich wegen der Abwesenheit ihres Mannes krankhaft an den Kleinen gehängt und offenbar von Anfang an erklärt, er sei nicht gesund und sie könne ihn nicht in die gewöhnliche Schule schicken wie andere Kinder. Sie verdiente den Lebensunterhalt als Waschfrau und hatte erst nach langem Warten erreicht, die Vermißtenbescheinigung und die entsprechende Pension zu erhalten. Sie hatte keine nahen Verwandten. Inzwischen hatten ihr die Kriegsjahre und der Wirrwarr, der besonders von 1943 bis 1945 im Lande herrschte, auch nicht geholfen, die Schwierigkeiten mit Aduo zu lösen: Oder, besser gesagt, sie hatten ihr geholfen, das Problem so zu lösen, wie es ihr angenehm war, indem sie ihr das Kind vollständig überließen, zu jeder Tages- und Nachtzeit, so unsinnig und unvernünftig das auch sein mochte. Man hat mir erzählt, daß sie es im Wäschekorb mittrug, wenn sie zur Arbeit ging. Und aus Angst, es falle in den Waschtrog, band sie ihm, wie einem Hund, um das eine Bein eine Schlinge, die sie an einem Weidenstamm in der Nähe festmachte. Und diese Ungeheuerlichkeit beging sie offenbar so lange, bis der Knabe zehn oder elf Jahre alt war …«

Wie immer, wenn eine Erinnerung ihn überwältigte, nahm Gigi seine Brille ab und rieb sie langsam mit dem Taschentuch sauber. Seine blauen Augen, die den gewohnten ruhigen Scharfblick verloren hatten, schienen verwirrt, erloschen oder eher auf eine traurige Aussicht gerichtet.

»Ich hatte geglaubt, Gutes zu tun, und dabei wurde es nur noch schlimmer. Aduo war mir vom ersten Augenblick an sympathisch gewesen, vielleicht, weil ich selbst keine Söhne habe. Ich sprach immer lieber mit ihm, und so hatte ich bemerkt, daß er geradezu intelligent war und daß seine Verrücktheit sich allmählich, mit zunehmendem Alter, aus der Faulheit oder der Unfähigkeit zur Arbeit in etwas Ernsteres und Tieferes verwandelt hatte: in eine vollkommene Gleichgültigkeit, in ein hoffnungsloses Desinteresse am Leben in all seinen Erscheinungsformen. Er lebte noch immer unter der Obhut seiner Mutter, die nun alt und krank war und kaum so viel verdiente, wie nötig war, damit sie beide nicht verhungerten. Aduo hatte auf nichts Lust. Der Wein und das Essen zogen ihn nicht an. Mädchen hatte er nie gekannt, er dachte nicht einmal daran. Viele beschuldigten ihn, er gehe betteln. Aber ich hatte feststellen können, daß dies eine vollkommen falsche Anschuldigung war. Keiner der Ortsansässigen konnte mir genau von einem einzigen Mal, auch nur einem einzigen, berichten, wo man Aduo hätte betteln sehen. Und das war ja auch ganz klar. Was hätte er mit dem bißchen Geld schon gemacht? Er hatte keine Wünsche, und dies war gerade sein einziger wahrhafter Fehler. Wenn man ihn vom Fernsehen oder vom Billardtisch wegjagte, litt er nicht, wie die andern glaubten, weil man ihm ein Vergnügen verbot; er litt bloß aus Stolz, er fühlte sich erniedrigt, weil man ihn ausschloß. Der Stolz war also das letzte Band, das diesen in Lumpen gekleideten Burschen mit der Gesellschaft und dem Leben verband. Der Stolz und, in geringerem Maße, die Zigaretten. Die Mutter gab ihm das Geld, damit er sich drei oder vier am Tag kaufen konnte. Und wenn dies nicht der Fall war, las er, sobald er sich unbeobachtet glaubte, die Zigarettenstummel auf.

Eines Tages – die Arbeiten an der Baustelle hatten schon begonnen, die erste Wohnbaracke für die Arbeiter war bereits erstellt, und ich hatte mich an Ort und Stelle begeben, um mit dem Chef der Baustelle Vereinbarungen zu treffen – sah ich plötzlich Aduo; er stand hundert Meter von mir entfernt, reglos, mit verschränkten Armen, zwischen den Bäumen eines kleinen Waldes, um das Hin und Her der Planierraupe zu verfolgen.

Als ich fertig war, machte ich einen Umweg, um zum Jeep zurückzukehren, so daß ich in seine Nähe kommen und ihn gut beobachten konnte, ohne daß er mich sah. Es war um diese Jahreszeit, kurz vor Feierabend: gegen halb sechs. Die Gestalten der Arbeiter in der Ferne begannen schon, im Nebel, der immer dichter wurde, zu verschwinden. Aduo hatte sich bäuchlings aufs nasse Gras geworfen und das Kinn auf die Fäuste gestützt; so betrachtete er entzückt alle Bewegungen der Planierraupe. Gewiß, eine Planierraupe in Betrieb ist schon an und für sich ein Schauspiel, das jedermann begeistern kann: diese ausgehobene, bröcklige, zerstückelte Erde, die nach allen Seiten hin geglättet wird ... man bekommt nie genug vom Zuschauen. Aber mich dünkte bei jener Gelegenheit zum erstenmal, daß ich an Aduo so etwas wie ein Zeichen von Teilnahme entdecken konnte; nicht so sehr in seinen Augen, deren Ausdruck mir ja hinter den Pflanzen und durch das allmählich schwächer gewordene Licht verborgen blieb, als vielmehr in der vollkommenen Unbewegtheit seines Körpers selbst. Vielleicht – sagte ich mir – ist das wie ein Funke, der nur endlich zünden müßte, und alles würde gut.

Mit Hilfe einiger Zigaretten, die er nie zurückwies, trieb ich ihn noch an jenem Abend in die Enge. Ob er, wenn man ihm irgendeine Arbeit an der Autobahn vorschlüge, zusagen würde? Er blickte mich mit seinem schönen, zarten, mageren Gesicht an; das graue und verborgene Leuchten seiner Augen konnte man hinter den schmutzigen, von Klebeband überzogenen Brillengläsern gerade noch erahnen. Er öffnete den Mund, um zu sprechen, hustete, zögerte. Schließlich senkte er den Blick auf das Stück Schnur, das er in den Händen hielt. Er hatte immer irgendein Stück Schnur in der Tasche. Und er spielte bei jeder Gelegenheit damit. Man kann beinahe sagen, er verbrachte seine Zeit, wenn er nicht gerade rauchte, auf diese Weise: indem er ein Stück Schnur unaufhörlich knüpfte und schließlich mit den Fingern abtastete, ob die Knoten schon dicht genug waren oder ob noch einer Platz hatte.

›Laß das jetzt sein, Aduo‹, sagte ich sanft, ›und antworte auf die Frage, die ich dir gestellt habe.‹

Er hob das Gesicht mit einer Lebhaftigkeit, die ich ihm nie zugetraut hätte; und mit einem Tonfall in der Stimme, der bewies, daß er während des langen Schweigens nicht an etwas anderes gedacht hatte und daß also sein Gehirn vollkommen in Ordnung war, sagte er: ›Aber Signor Maresciallo – damit ich für Geld arbeiten kann, muß mich doch zuerst jemand nehmen … und wer nimmt mich schon, mich?‹

›Mach dir keine Sorgen, Aduo. Mir genügt es, wenn du mir versprichst, daß du hingehst, wenn man dich ruft.‹

Ich ließ Aduo vom Baustellenleiter anstellen. Es war ganz leicht gegangen. Die wären froh gewesen, wenn sie noch mehr Arbeitskräfte aus dem Ort hätten bekommen können! Aber in dem Dorf gab es praktisch keine Arbeitslosen.

Aduos Aufgaben ließen sich augenblicklich und – wie soll ich sagen? – automatisch festlegen: Er wurde Barakkenwächter und Bursche für alles, derjenige, der für alle putzte, ins Dorf ging und zurückkam, in der Küche half, den Tisch deckte. Von Anfang an arbeitete er für zehn: ohne zeitliche Begrenzung, vom Morgengrauen bis in die tiefe Nacht; er war der erste, der aufwachte und der letzte, der zu Bett ging – eine Begeisterung, die jene wenigen, die ihn zuvor gekannt hatten, in Erstaunen versetzte und alle gleichermaßen rührte. Sie hatten sofort begriffen, daß sie ihm vertrauen konnten, und zögerten nicht, ihm sogar die allerpersönlichsten Aufträge zu erteilen, solche, wo es um Zigaretten, Medikamente, Post und sogar um ganz bedeutende Geldsummen ging.

Er arbeitete bei den Baracken, drinnen und draußen. Und er konnte während seiner Arbeit, so oft er wollte, zur Autobahn hinschauen. Wenn er drinnen war, konnte er aus dem Fenster gucken. Denn er dachte an nichts anderes. Und nur aus diesem Grund hatte er – zum erstenmal in seinem Leben – zu arbeiten begonnen. Er wollte die Verbreiterung der Autobahn miterleben, ohne Unterbrechung. Er wollte auf dem laufenden sein, wie man mit dem Bauen vorankam. Bei jedem Gang zur Baustelle erblickte ich, von weitem, Aduo – wie er entweder mit den Wasserkesseln zu den Küchen rannte oder sich an einem der Fenster beim Putzen zeigte oder auch an einer zwischen den Baracken aufgespannten Schnur Wäsche aufhängte – immer bemerkte ich, wie er es sich so einrichtete, daß er gegen die Autobahn gewandt war und mit schnellen Blicken – mal da-, mal dorthin, bald zur Zahlstation von Rondissone, bald zu derjenigen von Borgo d'Ale hin – erforschen konnte, wie die Arbeiten vorangingen. Unter einer seltsamen braunen Ledermütze, die einer der Arbeiter ihm geschenkt hatte, damit er sich vor dem Regen schützen konnte (es war bereits November), und die er nie ablegte, einer Ledermütze mit Schild und Ohrenklappen, war ein aufmerksamer, forschender, argwöhnischer, leidenschaftlicher Blick zu sehen, der Blick eines Alleinverantwortlichen vielleicht, eines Mannes, der gleichzeitig der einzige Auftraggeber, der einzige Planungsingenieur, der einzige Ausführende jenes Teilstückes der Autobahn war.

Ebenso stark interessierte ihn die Verbreiterung der zwei Brücken nördlich und südlich der Zahlstation, die ja beide nur wenige hundert Meter von der Baustelle entfernt waren.

So oft er konnte, lief er – mit irgendeiner Ausrede – bis dorthin. Gerade als ich einmal zufälligerweise über eine dieser Brücken ging und hinabschaute, sah ich Aduo: Er schritt langsam mit zwei leeren Behältern zur Baustelle zurück und drehte sich bei jedem Schritt zur tosend laufenden Betonmaschine hin; seine Blicke drückten eine verzweifelte Anteilnahme aus... Da kam mir der Gedanke, daß für Aduo der Bau der Autobahn so etwas wie das Stück Schnur geworden oder von Anfang an gewesen war, das sich allmählich mit Knotenpunkten füllte.

Etwas wie das Stück Schnur, nur unendlich vergrößert: So daß, während das Stück Schnur gerade genügte, um ihm das Gefühl für die vergehende Zeit und somit das Bewußtsein, daß er immerhin noch nicht tot war, zu vermitteln, der Bau der Autobahn und der beiden Brücken mit all den Männern, Maschinen, Planierraupen, Greifern, Lastwagen, Gruben, Gußstücken, Eisenbalken und Steinhaufen, dem Staub, dem Getöse, dem Zement, dem Lötlicht und dem Preßlufthammer bewirkte, daß er sich lebendig fühlte wie noch nie zuvor. Lebendig und glücklich.

Der Winter ging vorüber. Es wurde Frühling. Und mit den ersten Sommertagen kamen auch plötzlich die großen Schnellteermaschinen. Das bedeutete, daß die Arbeiten an jenem Bauabschnitt dem Ende entgegengingen. Alle hatten das begriffen und sprachen darüber: In einigen, etwa drei Monaten, spätestens im September, würde die Baustelle geräumt werden. Aber Aduo merkte offenbar nicht – oder begriff nicht –, was es für ihn heißen würde, ins alte Leben zurückzukehren: wieder wie zuvor zu Hause bei der Mutter zu schlafen und zu essen und die Tage mit Nichtstun herumzubringen.

Mit dem ersten selbstverdienten Geld in seinem Leben hatte sich Aduo – den Prophezeiungen der andern zum Trotz –, so wie ich gehofft hatte, als sehr tüchtiger Bursche erwiesen. Abgesehen von dem Geld für ein Päckchen Zigaretten am Tag, händigte er seiner Mutter regelmäßig den ganzen Wochenlohn aus. Aber er hatte ganz und gar nicht die Absicht, wieder zu Hause zu wohnen. Er dachte überhaupt nicht daran. Woran dachte er denn? An nichts. Das, was mit ihm vorging, war – davon bin ich überzeugt – auch für ihn ein Wunder. Ich hatte meinerseits gar keine Angst um ihn, nachdem ich von seinem vorbildlichen Verhalten gegenüber seiner Mutter erfahren hatte. Er wird einige Tage zu Hause bleiben, sagte ich mir, und dann findet er schon eine andere Arbeit. Gegebenenfalls würde ich ihm vom Baustellenleiter ein entsprechendes Zeugnis ausstellen lassen. Kurzum, ich sorgte mich nicht. Ich sagte mir, Aduo sei ja geheilt, und gratulierte mir selbst. Aber ich hatte offenbar nicht recht begriffen!

Er arbeitete bis zuletzt. Er half die Baracken abbrechen, eine nach der andern, und die Bretter auf die Lastwagen laden. Während der Arbeit blickte er noch und noch, so wie er es immer getan hatte, zur Autobahn hin. Er blickte jetzt auf den fast ununterbrochenen Autoverkehr in beiden Richtungen, und er war sehr zufrieden – wie wenn die Autobahngebühren in seine Tasche geflossen wären.

Aber als nichts mehr da war – es blieb nur eine kleine Hütte übrig, ein Geräteschuppen, der so eng war wie eine Kabine oder ein Bremserhäuschen – kam zum Vorschein, was Aduo schon seit einiger Zeit in seinem Kopf ausgebrütet haben mußte. Im Augenblick, da der Mann mit dem Schlüssel den Schuppen abschließen wollte, hielt Aduo ihn auf. Es sei nicht nötig abzuschließen, erklärte er ihm; er solle den Schlüssel ihm übergeben. Dort drinnen werde er nämlich schlafen. Der Mann lachte ihm ins Gesicht, drehte den Schlüssel zweimal um und ging weg. Aduo blieb.

Er blieb die ganze Nacht über dort, wie ein Hund an der Wand des Geräteschuppens kauernd. Tags darauf dasselbe. Er aß nicht und trank nicht. Er rauchte die Zigaretten zu Ende, die er hatte. Nachdem mich zwei oder drei Leute, die ihn gesehen und mit ihm gesprochen hatten, benachrichtigt hatten, ging ich selbst hin. Eine Laune, eine kindische Laune, dachte ich unterwegs.

Es war frühmorgens, in den ersten Oktobertagen vor zwei Jahren. Nach der zweiten Nacht, die Aduo draußen, an den Schuppen gelehnt, verbracht hatte. Sobald er mich sah, stand er ganz zufrieden auf; er war überzeugt, daß ich ihm den Schlüssel bringen würde. Im Schatten des Schildes jener Mütze, die ihm vielleicht so sehr gefiel, weil er glaubte, sie verleihe ihm ein wenig den Ausdruck eines harten Kerls – wie es die Lastwagenführer und die Lenker der Greifer und der Planierraupen waren –, sah sein mageres Gesicht wie zum Trotz noch weicher aus; man hätte denken können: ein junger Lehrer in den Ferien.

Genug … ich erspare dir den genauen Bericht über all das, was folgte. Es war schmerzlich, auch für mich. Es gelang mir nicht, ihn zu überreden – weder mit gutem Zureden noch mit Drohungen. Und tags darauf … war ich gezwungen, ihn mit Gewalt wegzubringen. Er wollte sich nicht von der Stelle bewegen. Er wollte nicht von dort weggehen. Und da er den drei Carabinieri und mir – insgesamt vier Personen – Widerstand leistete und sich also geradewegs wie ein tobsüchtiger Verrückter benahm, war ich gezwungen, ihn zu fesseln und ihn ins Irrenhaus nach Turin zu begleiten.

Leider ist er noch immer dort. Ich habe mich erkundigt. Offenbar hat sich sein Zustand nicht verbessert – der arme Kerl! Und es besteht – wenigstens momentan – keine Hoffnung, daß er herauskommt. Geblieben ist mir die Ledermütze, die ihm bei der Balgerei vom Kopf gefallen war und die ein Polizist im Jeep gefunden hatte. Ich bewahre sie wie eine Reliquie zuhinterst in einer Schublade auf. Aber ich schaue sie nie an. Es macht mich zu traurig. Wenn ich daran denke, werde ich ganz verzweifelt. Ich hatte doch geglaubt, ihn retten zu können, und dabei habe ich ihn zugrunde gerichtet. Wie schwierig ist es, jemandem Gutes zu tun!«

SENFGELBER SAMT

Als Gigi die Geschichte von Aduo beendet hatte, zündete er sich schweigend eine Zigarette an. Ich sagte ihm, ich hätte Verständnis für seine Qual, aber nicht für sein schlechtes Gewissen. Das sei doch offensichtlich Schicksal gewesen: Früher oder später, auf die eine oder andere Weise, hätte man Aduo doch ins Irrenhaus gesteckt.

»Das stimmt«, seufzte Gigi. »Er konnte nicht in unserer Gesellschaft leben; er war zu sensibel. Aber es ist auch nicht so, daß das andre Extrem für den Erfolg bürgen würde. Ich habe mit armen Kerlen zu tun gehabt, die vollkommen gefühllos waren: das heißt, sie besaßen alle Charakterzüge, die ein Verbrecher haben sollte. Aber sie sind es trotz ihres guten oder, besser gesagt, schlechten Willens nicht geworden. Sie sind sozusagen Phantasieverbrecher geblieben; harmlose, oder fast harmlose Betrüger. Fälle, über die man lachen kann. Die schönste Geschichte, an die ich mich erinnere, ereignete sich, als ich noch Brigadiere war ... Ach, das war vor vielen, vielen Jahren; mitten in der faschistischen Zeit, und vor dem Afrikakrieg.

Ich war in Medesano, in der Provinz Parma, stationiert, einem großen Dorf an der Straße, die dem Taro entlang die Via Emilia mit Fornovo verbindet. Zu unserem Gebiet gehörte auch Sant'Andrea Bagni: von November bis April ein paar hundert Einwohner, in den restlichen Monaten mindestens doppelt so viele. Hotels dritter und vierter Klasse, die von Mai bis Oktober immer voll waren. Alles Leute, denen die Kur von Salsomaggiore verschrieben worden war und die weniger ausgeben wollten, als man in Salsomaggiore ausgibt.

Das kleinste dieser Hotels, das außerhalb der Saison ein Gasthaus der niedrigsten Klasse war und sich während der

Saison in eine Familienpension verwandelte, war für mich das Ziel eines täglichen Besuches, den mir der Dienst auferlegte: sowohl in der einen wie in der andern Saison, bei jedem Wetter und unter allen Umständen; auch wenn es schneite oder in Strömen regnete; auch wenn der Dienst mir stundenlange Radfahrten über die Hügel nach Salzo, Zerbini, Varano, Visano, Piè di Via auferlegt hatte... Kurzum, ich durfte keinen Tag auslassen, ohne einen Abstecher in die ›Locanda Sport‹ von Sant'Andrea Bagni zu machen. Ich kam immer zu einer anderen Stunde: ohne jede Regelmäßigkeit. Eben das verlangte der Dienstbefehl. Ich mußte nachprüfen, ob Gabrio, der Sohn des Besitzers, sich nicht aus dem Gebiet entfernt hatte. Wenn ich ihn nicht mit eigenen Augen dort in der Locanda sah, sagten mir die Mutter, der Vater oder die Schwester, wo ich ihn finden könne. Und ich konnte mich dann entweder darauf verlassen – aber natürlich auf eigene Gefahr – oder mußte ihn persönlich dort aufsuchen, wo er sich gerade befand: beim Bocciaspiel, in einer andern Wirtschaft, auf dem Markt von Medesano, auf dem Feld oder im Thermalgebäude.

Gabrio war etwas jünger als dreißig und unverheiratet. Er war klein, vierschrötig, auf einer Seite bucklig und hinkend. Ein hartes, entschlossenes Gesicht, eine große Nase, dicke Lippen, dichte schwarze Augenbrauen, magnetische Augen. Sicher sehr intelligent, und sehr sympathisch. Es war ihm ein Unglück zugestoßen, als er kaum volljährig war. Im Jahre 1922 – während der berühmten Tage von Parma[*] – war er wegen subversiver Tätigkeit verhaftet worden und fast drei Jahre lang im Gefängnis geblieben. Dann hatte man ihn freigelassen und nach Hause geschickt, aber als ›Verwarnten aus politischen Gründen‹ – mit dem Verbot, ein bestimmtes Gebiet, dessen Grenzen genau umrissen waren, zu verlassen. Nur mein Maresciallo war berechtigt, ihm für zeitlich begrenzte Arbeiten jeweils eine Sondererlaubnis zu bewilligen.

Gabrio war selbstverständlich Antifaschist geblieben. Er prahlte mit der eigenen Verkrüppelung, indem er behauptete, sie sei eine Folge der Verletzungen, die er sich im Kampf gegen die Sturmtruppen zugezogen hatte. Vielleicht log er nicht. Aber wahrscheinlich war er auch vorher nicht normal gebaut gewesen, denn er hatte keinen Militärdienst geleistet, sondern war wegen Körperschäden zurückgestellt worden. Wenn ich dabei war, paßte er natürlich etwas besser auf, was er sagte. Bis eines schönen Abends … ich war noch fürs Kartenspiel dort geblieben; schon nach Mitternacht im Winter… da bildete sich allmählich zwischen ihm und mir ein seltsames Einverständnis. Irgendeinem Zeichen, das schwer wiederzugeben wäre und an das ich mich im übrigen nicht erinnere, entnahm jener Schlaukopf, daß sich meine geheimsten, persönlichen politischen Ansichten gar nicht so sehr von den seinen unterschieden. Und ich begriff, daß er die Frauen liebte, und also das Geld, für das er sie bekommen konnte, und die Arbeit, mit der er es verdiente; er liebte sie unendlich viel mehr, als er den Faschismus haßte. Ich begriff, daß nicht die Politik – wie ich bis zu jenem Abend geglaubt hatte – die Hauptsorge seines Lebens war. Die Politik diente ihm vor allem dazu, alle glauben zu machen, er sei nicht von Geburt an ein Krüppel. Seine Hauptsorge war nun eine einzige – aber sie war so erschreckend, quälend, unaufhörlich, daß sie ihn nicht schlafen ließ: Er wollte unbedingt einen Paß erhalten, um nach Frankreich zu gehen. Er hatte als Junge Koch gelernt. Bis zum Alter von zwanzig Jahren hatte er in einem der besten Hotels von Salso gearbeitet. Er war ein ausgezeichneter Koch. Nun wollte er, koste es, was es wolle, irgendwo an der Côte d'Azur ein Restaurant eröffnen. Und er hatte bereits vorgesorgt, indem er durch eine Familie aus Sant'Andrea, die nach Nizza übergesiedelt war, eine kleine Summe Geld hatte hinüberbringen lassen, die ihm zu Anfang der ersehnten Zukunft im Ausland nützlich sein würde. Aber der Paß! Eine polizeiliche Verfügung, die sich eben darauf bezog, verbot, daß ihm ein Paß ausgestellt würde, zumindest, solange sie nicht durch eine neue Verfügung ersetzt wurde; und das bedeutete: jahrelanges gutes Verhalten.

Gabrios Leben wurde also von einer einzigen und fixen Idee beherrscht: es fertigzubringen, dieses Verbot aufzuheben. Für dieses Ziel setzte er alles ein; der ganze Rest war ihm nebensächlich. Wenn die Saison kam, versuchte er mit allen Leuten bekannt zu werden, von denen er den Eindruck hatte, daß sie irgendeine Möglichkeit besäßen, ihn zu empfehlen; mit Politikern, Beamten, Angestellten, die zur Badekur aus Parma, Modena oder Bologna herreisten. Aber es waren immer Leute, die zu der Bescheidenheit der örtlichen Einrichtungen paßten. Und er selbst merkte es als erster, daß die Mühe umsonst war.

Eines Tages tauchte im ›Salus‹, das heißt im besten Hotel von Sant'Andrea, ein ebenfalls etwa dreißigjähriger junger Mann auf. Er war spindeldürr, blond und trug einen Zwicker. Zur Badekur begleitete er zwei alte Damen, seine Mutter und seine Tante. Und es hieß (das Gerücht hatte sich innerhalb von wenigen Minuten im ganzen Dorf verbreitet), er sei nichts weniger als der Sekretär von Arpinati.

Es war zur Zeit, da Arpinati noch nicht zum Staatssekretär des Innenministeriums ernannt worden war; er beherrschte vom Palazzo Accursio aus die ganze Gegend: als Bürgermeister von Bologna, als Vizesekretär der Partei, als ›kleiner Tyrann‹. Ich weiß nicht, wie Gabrio es bewerkstelligte, welche Mittel er einsetzte. Tatsache jedoch war, daß er blitzschnell handelte. Und vierundzwanzig Stunden nach seiner Ankunft war ›der Sekretär von Arpinati‹ bereits in der Locanda Sport zu Hause. Dort lernte auch ich ihn sofort kennen.

Er hieß Costantino Cucchi; und er stellte sich als Doktor der Jurisprudenz vor. Zufälligerweise – als ich in den Hotelformularen blätterte – entdeckte ich, daß er nur Buchhalter war und als Gasthörer handelswissenschaftliche Vorlesungen besuchte. Ich sagte es Gabrio sofort. Doch er kümmerte sich zu Recht nicht darum. Was konnte schon der Mißbrauch eines Titels bedeuten, wenn die Lokalzeitung fast täglich etwas über Doktor Cucchi schrieb, der zu Arpinatis Gefolge gehörte? Höchste Wichtigkeit jedoch kam der Überlegung zu, daß das geringste Zeichen einer Zustimmung von seiten Arpinatis genügte, um Gabrio zu seinem Paß zu verhelfen.

Am zweiten Tag zogen Cucchis Mutter und Tante in die ›Locanda Sport‹ um: Sie würden dort gratis wohnen und essen, solange sie wollten. Er, Costantino Cucchi, mußte inzwischen eilig nach Bologna zurückkehren, wo ihn natürlich die Arbeit erwartete. Er sollte am Morgen danach mit dem ersten Zug abreisen. Gabrio, den Costantino selbst eingeladen hatte mitzugehen, erzählte mir am Abend alles und flehte mich an, ihm von meinem Maresciallo trotz der späten Stunde die Erlaubnis zu verschaffen. Gabrio war, wie ich dir schon gesagt habe, sympathisch. Mein Maresciallo war ein netter Mensch, und er dachte genau wie ich. Morgens um acht Uhr kam Gabrio in der Kaserne vorbei, um seine Erlaubnis abzuholen.

Er kam, wie abgemacht, am Abend zurück und berichtete mir, wie es gelaufen war. Sie waren von Fidenza nach Bologna erster Klasse gefahren. Und Cucchi hatte die Fahrkarten für alle beide bezahlen wollen. Dann, in Bologna, hatte er auch das Taxi bezahlt. Als sie im Palazzo Accursio waren, ging es durch Flure, über Riesentreppen, in Säle, Korridore, weitere Säle: Wachtposten in Habacht-Stellung, römische Grüße... Auch er hatte die Faust gestreckt, nun ja! War vielleicht die Übersiedlung ins Ausland nicht einen römischen Gruß wert? Den Cucchi kannten natürlich alle, und er kannte alle; er ging durch alle Türen. Zuerst trat er in drei oder vier Büros und bat Gabrio jedesmal, draußen auf ihn zu warten. Endlich führte er ihn in einen großen stuck- und goldgeschmückten Saal; dieser war voll von Leuten, die im Kreis oder in kleinen Gruppen herumstanden und leise redeten. Rundum waren an der Wand mit senfgelbem Samt verkleidete Sofas angebracht. An den vier Wänden befanden sich vier mächtige Türen, die alle mit einem üppigen Samtvorhang derselben Farbe verschlossen waren. Costantino beugte sich zu Gabrios Ohr hinunter und flüsterte ihm fast mit Begeisterung zu, daß dies ›das Vorzimmer von Arpinati‹ sei; er führte ihn in eine Ecke, wo keine Leute waren, und sagte ihm, er solle sich auf das Sofa setzen und hier warten: Er werde inzwischen hineingehen und versuchen, auf der Stelle von dem Paß zu sprechen; dann werde er sofort wieder herauskommen und ihm, hoffentlich, irgendeine gute Nachricht bringen. Darauf war er durch eine der vier Türen entwischt.

Gabrio hatte zu warten begonnen – er gab sich alle Mühe, die Geduld nicht zu verlieren. Jener Ausdruck ›irgendeine gute Nachricht‹ bekümmerte ihn ein wenig. Ein Ja oder womöglich auch ein klares Nein hätten ihn logischer, wahrscheinlicher gedünkt. Das Ja, das einfache Ja entsprach in Wahrheit Costantinos Versprechungen und seinem Gerede der letzten drei Tage, vom Augenblick an, da er ihn kennengelernt hatte, bis zum Moment, da er sich plötzlich auf den Ausdruck ›irgendeine gute Nachricht‹ beschränkt hatte!

Auf jeden Fall dauerte das Warten unendlich viel länger, als Gabrio gedacht hatte. Es schlug zwölf, es wurde ein Uhr: immer weniger Leute blieben im Saal. Er selbst saß hungrig auf dem Sofa und dachte, er hätte vielleicht gehen sollen: Vielleicht hatte Cucchi ihn vergessen, und womöglich war er auf einer anderen Seite hinausgegangen! Aber dann dachte Gabrio an seinen Paß; er gähnte und entschloß sich, noch ein wenig zu warten. Er schaute unablässig auf den senfgelben Vorhang, als ob sein Blick die Macht gehabt hätte, Cucchi hervorzuholen.

Und Cucchi trat endlich heraus. Es war fast halb zwei. Er trat heraus und kam ihm ganz keuchend und lachend entgegen. ›Die Sache steht gut!‹ flüsterte er ihm sofort – wieder voll Begeisterung – ins Ohr. Er nahm ihn beim Arm und führte ihn ins ›Papagallo‹ zum Essen. Unterwegs erklärte er ihm, sooo dicht – er legte die Finger zusammen – hätten die Leute in Arpinatis Büro gestanden. ›Und mein Paß? Hast du mit ihm darüber sprechen können, wenn soviele Leute dort waren?‹ Sie duzten sich, denn sie waren sofort miteinander vertraut geworden. ›Gewiß‹, hatte Cucchi geantwortet. ›Und nun?‹ – ›Und nun – ich hab' dir's doch gesagt, nicht? – die Sache steht gut. Du mußt einen Antrag stellen, eine maschinengeschriebene Eingabe mit allen Daten und so weiter und so fort, mit allen Gründen und so weiter und so fort; so kann ich ihm dies das nächste Mal bringen ... Was ich dir jetzt, nachdem ich mit ihm gesprochen habe, sagen kann, ist nur, daß die Sache gut steht.‹

Die Eingabe wurde verfaßt und anläßlich einer weiteren Reise Gabrios und Cucchis nach Bologna überreicht; Gabrio mußte im Saal des Palazzo Accursio wiederum lange warten. Alles verlief mehr oder weniger wie beim ersten Mal. Als Cucchi wieder auftauchte, keuchte und lachte er von neuem. Von neuem flüsterte er ihm einen sehr hoffnungsvollen Satz ins Ohr. Nur war es ein etwas andersartiger Satz. Er lautete etwa folgendermaßen: ›So wie er die Eingabe in die Hand genommen hat, kann ich dir versichern, daß er mir nicht abgeneigt zu sein scheint, entschieden zu deinen Gunsten zu handeln.‹

Inzwischen war bekanntgeworden, daß Cucchi verheiratet war und zwei Kinder hatte. Sie weilten damals gerade am Meer, in Riccione. Aber da der Sommer kaum begonnen hatte, siedelten sie rasch nach Sant'Andrea über und bezogen ihre Unterkunft in der ›Locanda Sport‹, wo sie – auf Gabrios Drängen hin – ebenso liebenswürdig und unentgeltlich aufgenommen wurden wie die beiden alten Damen.

Der Sommer verging, der Herbst kam. Gabrio hatte mit Cucchi noch zwei oder drei Reisen nach Bologna gemacht – immer mit demselben Vorgehen und demselben Ergebnis. ›Doktor‹ Cucchi verbrachte regelmäßig das Wochenende in Sant'Andrea. Ich selbst hatte dabei Gelegenheit, mit ihm zusammenzusein und ihn ein wenig besser kennenzulernen. Er war leutselig, ein großer Schwätzer; auf einen verhältnismäßig ungebildeten Menschen, wie ich es bin, machte er geradezu einen kultivierten Eindruck: Er sprach über Geschichte, Kunst, Literatur, Wissenschaft – über alles. Nur erinnerte er sich nie genau an die Namen der Orte, der Gestalten, der Werke; und jedesmal, wenn ich ihn – ohne es absichtlich zu tun, sondern nur so spontan, weil ich ihn für einen gebildeteren Menschen als mich hielt – fragte, um irgendeine genaue Angabe zu erfahren, die ich selbst vielleicht vergessen hatte, zum Beispiel das Datum von Napoleons

Tod oder den Titel von Cesare Beccarias Hauptwerk, nun, dann antwortete er mir sofort ohne das geringste Zögern; doch, leider war es auch falsch, wie ich jeweils sofort danach in der Kaserne – im neuesten Lexikon des Maresciallo – feststellen mußte. Das Seltsame an der Sache war, daß der Fehler fast immer riesig war. Napoleon war zehn oder sogar zwanzig Jahre früher oder später gestorben. Cesare Beccaria sollte ›Erinnerungen‹ geschrieben haben.

Er sprach sehr gern über die Kochkunst, und davon schien er mir – wenigstens am Anfang – tatsächlich etwas zu verstehen. Bis er mich eines Abends, als ich auf dem Fahrrad mit dem Schreiber nach Medesano zurückfuhr, begleiten wollte; er nahm das Rad von Gabrios Schwester. Unterwegs kamen wir irgendwie auf das Essen zu sprechen. In der Emilia ist das eines der gängigsten Gesprächsthemen. Besonders damals, als das Thema Politik tabu war. Da ich erst vor einigen Monaten in jenes Gebiet gekommen war, wußte ich noch nicht, was jener köstliche Culatello sein mochte, von dem ich so viel reden hörte. Cucchi ließ mich nicht einmal meine Frage beenden, um mir zu antworten, das sei ›die Schulter des Schweins‹. Der Schreiber, der selbst nicht aus der Emilia stammte, jedoch schon länger als ich dort war, erklärte mir nachher, daß es sich um einen gewaltigen Fehler handelte: zumindest für jemanden wie Cucchi, der sich einbildete, etwas vom Kochen zu verstehen.

Nun, Culatelli, feinster Schinken, Salami von Felino und von Varzi, Parmesankäse, Pallone-Scheiben, Pilze von Berceto, Forellen aus dem Taro und ganze Scheffel hausgemachter Tortelli: Das waren die Geschenke, welche von Mitte Oktober an – als die Familie Cucchi beschlossen hatte, den Aufenthalt auf dem Land zu beenden – regelmäßig einmal in der Woche von Sant'Andrea abgeschickt wurden und die Cucchi in ihrem Haus in Bologna erreichten. Manchmal nahm Constantino diese Geschenke selbst mit, wenn er für einen kurzen Besuch auftauchte, um den armen Gabrio zu ermutigen; dieser hoffte noch immer hartnäckig. Sein Optimismus war vielleicht ebenso hoch wie die eingesetzte Summe.

Es wurde Weihnachten und Neujahr. Als auch diese Festtage mit ihren Geschenken vorüber waren – Geschenken, die ebenso außergewöhnlich wie ihr Zweck, doch deswegen nicht weniger fruchtlos waren –, entschloß sich Gabrio, der Sache auf den Grund zu gehen. Über seinen Paß hatte er nach so vielen Monaten und trotz Cucchis unaufhörlichen, wiederholten Versicherungen nie etwas erfahren. Er beschloß also, seinen Freund wie die andern Male nach Bologna zu begleiten und wie die andern Male zu warten. Doch wenn Cucchi mit einer der gewohnten unverbindlichen Versprechungen hinter dem Samtvorhang hervorkommen würde, dann wollte Gabrio ihm befehlen, ja, befehlen, den Rückzug anzutreten, und er wollte mit ihm zum ehrwürdigen Parteigenossen und Bürgermeister vordringen und – wenn es eben sein mußte – mit eigenen Ohren die eigene, endgültige Verdammung vernehmen. Dazu war der aufgebrachte Gabrio bereit – auch wenn er eine üble Behandlung riskierte und wieder ins Gefängnis geworfen wurde.

Cucchi selbst muß geahnt haben, daß das Maß voll war. Denn als er an jenem Morgen zum Bürgermeister hineingegangen war, schien er nicht mehr herauskommen zu wollen. Die gewohnte Zeit war seit geraumer Weile vorüber. Gabrio befand sich schon ganz allein in dem verlassenen Saal. Ein Türhüter, der im Hintergrund vorüberging, fragte ihn, auf wen er warte. ›Auf Doktor Cucchi‹, antwortete Gabrio. Der Türhüter verneigte sich und zog sich zurück.

Gabrio hatte sich schon die anderen Male gewundert, daß er bei der Tür, durch welche Cucchi jeweils verschwand, nie jemanden eintreten oder herauskommen sah. Aber es handelte sich, so hatte Cucchi ihm selbst erklärt, um eine Tür, die einzig für den Sekretär – also für ihn – bestimmt war, oder für den Bürgermeister persönlich.

Nun gut: Auch wenn es ein sehr schweres, ungeheuerliches, unerhörtes Vergehen war – er wollte dort hineingehen. Genau dort! Er würde ins Büro eintreten und vor dem Parteileiter stehen. Er erhob sich und stürmte los. Die wenigen

Schritte, die ihn von dem Samtvorhang trennten, legte er fast im Lauf zurück. Er ergriff den Vorhang und schob ihn zur Seite…

…Er schob den Vorhang zur Seite, und zum Vorschein kam: eine Mauer! Und in einer Ecke, an der Wand kauernd, als ob er sich so noch irgendwie hätte verstecken können, der gute Cucchi.

Gabrio erzählte mir, noch heftiger und mächtiger als seine Wut sei sein Gelächter gewesen. Er sei in schallendes Gelächter ausgebrochen. Er habe den Vorhang hochgehoben und Cucchi angeschaut. Und Cucchi kauerte in der Ecke und rührte sich nicht. Und Gabrio lachte in einem fort. Cucchi versuchte schließlich zu sprechen. Den Tränen nahe sagte er: ›Jetzt will ich dir's erklären … weißt du…‹ Doch er konnte nicht weitersprechen, weil gerade dieser Anfang einer Erklärung Gabrio in jenem Augenblick als Höhepunkt der Lächerlichkeit erschien. Er wand sich vor Lachen, er lachte sich beinahe krank. Aber allmählich wurde ihm klar, daß die Heiterkeit nach einer Weile nachlassen und ihn darauf die Wut packen würde. Wozu auch? sagte er sich. Er ließ den senfgelben Samtvorhang fallen und ging weg, um nach Sant'Andrea zurückzukehren. Costantino Cucchi sah und besuchte er nie wieder.

Ich zog selbst Erkundigungen ein; und nach einigen Tagen erfuhr ich, daß Arpinatis Sekretär Cucchi ein entfernter Verwandter von Costantino war, der den gleichen Namen trug. Und Costantino hatte zum Palazzo Accursio wohl freien Zutritt, aber er war dort nicht angestellt, hatte keine Befugnisse, zählte überhaupt nichts.

Und Gabrio, der wurde in der Folge krank – teilweise tatsächlich, teilweise vorgetäuscht. Nach einem Monat erhielt er vom Bezirksarzt von Noceto eine Bescheinigung, die ihm einen langen Erholungsaufenthalt an der Riviera empfahl. Mit diesem Schein und dank der wohlwollenden Meinung meines Maresciallo konnte Gabrio nach San Remo reisen, wo er bei Verwandten wohnte und wo er natürlich von den Carabinieri beaufsichtigt wurde. Aber es gelang ihm, die Grenze zu überqueren; offenbar mit einem Motorboot.

Und heute? Heute ist er in Cannes Gabrio di Gabriel, der die ›Croisette‹ führt, eines der – wie man sagt – berühmtesten, meistbesuchten und elegantesten Lokale der Côte d'Azur. Ich habe ihn nicht mehr gesehen. Aber es heißt, er sei Milliardär geworden, was mich nicht erstaunt. Mich erstaunt eher, daß ein zukünftiger Milliardär zu einem gewissen Zeitpunkt seines Lebens so gutgläubig sein konnte.

Costantino Cucchi war in den faschistischen Kreisen von Bologna sehr bekannt. Alle hielten ihn für einen sympathischen Burschen, wenn er auch ein Faulenzer, ein Parasit und unverbesserlicher Lügner war. Er kam, noch unter Arpinati, für einige Monate ins Gefängnis, weil er hinter einer Tür – oder hinter einem andern senfgelben Vorhang – eine Nachricht über irgendeine Zollmaßnahme gehört hatte, die innerhalb vierundzwanzig Stunden unweigerlich eine bestimmte Börsenbewegung auslösen mußte. Er stürzte sofort zu seinen Freunden, um ihnen die Nachricht mitzuteilen: ›Man kann so viel verdienen, wie man will, man kann reich werden!‹ Doch niemand glaubte ihm, niemand nutzte die Gelegenheit: Am wenigsten er selbst, denn er hatte nicht eine einzige Lira für den Einsatz. Dafür aber kam die Sache auf, und Cucchi wurde verhaftet. Ich sehe noch sein rosiges, dünnes Gesicht mit der flachen Stirn unter dem hellen, seidenweichen Haar, seine verschmitzten Kinderaugen hinter den ovalen Gläsern des Zwickers. Ich weiß nicht, wie es mit ihm zu Ende gegangen ist; aber es ist kaum anzunehmen, daß er nochmals einen so schönen – und einen so billigen – Sommer wie den im Jahre 1928 in Sant'Andrea Bagni verbracht hat.«

---

*Die Bevölkerung leistete sechs Tage lang bewaffneten Widerstand gegen den sogenannten Feuermarsch Italo Balbos, der mit faschistischen Kampfbünden brandschatzend durch die Emilia zog.

FLOCKS ENDE

Es ist nicht immer so, daß die Jahre in ihrem Ablauf unser ganzes Leben mitreißen und allmählich zerstören, was ihm an Jugend übrigbleibt. Die Jahre, die vergehen, bewirken manchmal auch das Gegenteil: Sie geben einen Teil des Lebens zurück, sie bringen ein Geschenk, sie gewähren endlich eine Freiheit des Sprechens; das heißt, sie gewähren uns jene Erleichterung, die wir verspüren können, wenn wir einem Freund eine Geschichte erzählen, die uns in der Erinnerung quälte, aber die wir gezwungen waren geheimzuhalten. Stellen wir uns vor, welche Erleichterung erst ein Maresciallo der Carabinieri verspürt, wenn er das Schweigen brechen kann!

Ich hatte Gigi seit einigen Monaten nicht mehr gesehen. Und dies war der Inhalt – wenn auch nicht wörtlich – dessen, was er der Geschichte von gestern abend im gewohnten Gastraum von ›Tre Ganasce‹ vorausschickte; er schien entschlossen, sie zu erzählen:

»Nur in bezug auf einen Punkt mußt du mir deine Verschwiegenheit zusichern: Wenn du schreibst, mußt du gewisse Namen ändern, diejenigen der Orte und der in die Angelegenheit verwickelten Personen. Es sind seither zehn Jahre vergangen, und die Hauptpersonen leben nicht mehr. Aber es sind noch Nachkommen und Verwandte da. Verändere also die Namen!«

»Mach dir keine Sorgen, ich bin es gewohnt.« Ich erklärte Gigi, daß diese Notwendigkeit der Namensänderung mit dem wichtigsten Moment in der Arbeit eines Roman- oder Novellenautors zusammenfällt: mit dem magischen Moment, wo die Vorarbeiten und die Überlegungen nichts mehr nützen und die Inspiration alles ist. Die Namen müssen die

Vorstellungskraft des Schriftstellers tatsächlich viel früher und viel stärker anreizen als diejenige des Lesers; sie müssen gewissermaßen ein Echo des Klanges richtiger Namen sein, sich aber auch davon unterscheiden, damit dem Schriftsteller eine größere Freiheit seinen eigenen Erfindungen gegenüber bleibt und damit das eigenmächtige und vollständige Leben der Personen gewährleistet ist... Ich fragte Gigi, wie das Dorf heiße, in welchem sich seine Geschichte ereignet habe.

»Es war in V., einer großen Ortschaft in der Provinz Turin, wo ich vor etwa zehn Jahren die Dienststelle der Carabinieri leitete. Und von den Personen sind zwei aus Turin, die dritte aus Novara. Halt, da war ja noch einer: der einzige nette Kerl. Eigentlich hat er die ganze Sache ausgelöst. Es war ein Hund, ein Bergamasker. Groß wie ein Kalb. Mit langem, üppigem Fell, das über den ganzen Körper flatterte; er war rötlich-blond, aber da und dort waren, wie's gerade kam, weiße und braune Flecken hingestreut. Seinen Namen kannst du unverändert lassen. Vielmehr, du sollst ihn gar nicht ändern. Flock hieß er. Er war so sympathisch, wie sein Herr unsympathisch war. Und die Zuneigung zum einen wie die Abneigung gegen den andern waren, glaube ich, in bezug auf mich gegenseitig.

Flock hatte sofort gelernt, mich zu erkennen. Jedesmal, wenn ich zufälligerweise an der Villa vorbeiging, hörte er mich, auch wenn er sich gerade auf der andern Seite des Parkes befand. Er bellte. Dann sah ich ihn von ganz weitem aus dem Wäldchen hervorkommen. Er sprang mit großen Sätzen über die Wiese in der Mitte geradewegs auf das Gartentor zu. Beim Rennen wallten und flatterten die langen blonden Haare wie eine ausgefranste Pelerine. Fast immer war das Tor verschlossen. Flock stürmte darauf los, stieg hinauf, stemmte die Vorderpfoten gegen die Gitterstäbe, und jaulend vor Freude steckte er die Schnauze durch die Zwischenräume, weil er mich ablecken wollte. Ich schäme mich nicht, dir zu sagen, daß ... nun, daß ich das mochte: Ich liebte Flock wie einen Menschen. Ganz selten einmal war das Tor bloß angelehnt. Es war ein sehr schweres Tor. Aber

Flock öffnete es mit der Kraft einer einzigen Pfote sofort. Und dann mußte ich auf die Uniform achtgeben. Besonders wenn ich die schwarze trug. Denn Flock warf sich mir vor Begeisterung entgegen und beschmutzte sie arg.

Die Villa, ein Ende des 18. Jahrhunderts entstandenes Gebäude, hatte seinerzeit irgendeiner vornehmen Turiner Familie gehört. 1938 war sie Besitz eines gewissen Carlo Emanuele Carutti, eines Industriellen und in der Gegend sehr bekannten faschistischen Bonzen geworden. Dieser Carutti war zuerst, das heißt, bis in die ersten Jahre des Faschismus, Schneider gewesen, und zwar speziell für Reit- und Sportbekleidung. Nach und nach hatte er sich auch auf Uniformen für die Parteispitzen spezialisiert, und so hatte er sich offenbar mit einigen führenden Persönlichkeiten der Partei befreundet. Er war als Freiwilliger der Miliz mit Führungsgrad nach Ostafrika gegangen und zum Konsul befördert zurückgekehrt; und schließlich hatte er am Stadtrand von Turin ein großes Konfektionsgeschäft eröffnet, in welchem nur Militäruniformen hergestellt wurden. Als Präfekt der Republik von Salò war er im Frühjahr 1945 im Gebirge um den Ortasee beim Versuch, in die Schweiz zu entkommen, von Partisanen hingerichtet worden. So lautete jedenfalls die offizielle Version. Denn in V. und in den umliegenden Ortschaften glaubte man weiterhin an eine andere Geschichte: Es ging das Gerücht um, Carutti sei noch am Leben und irgendwo versteckt; und das feierliche Begräbnis mit der Überführung der Leiche – zwei Jahre nach seinem Tod – sei reines Theater gewesen, das die Witwe inszeniert habe, um jene Gerüchte zu beseitigen und um in Ruhe einen gewissen Ingenieur Mark Midana-Marazi heiraten zu können, der schon zu Lebzeiten ihres Mannes ihr Geliebter gewesen sei, der jedoch vom Beginn des Krieges an bis zur Befreiung schlau genug gewesen sei, sich auf die *richtige Seite* zu schlagen – auch wenn es nur diejenige der monarchistischen Liberalen war.

Der Leichnam des ehemaligen Schneiders befand sich auf dem Friedhof von Invorio Superiore, einem Dörfchen zwischen dem Ortasee und dem Lago Maggiore. Er wurde also auf dem Friedhof von V. ins prunkvolle Familiengrab der Carutti gebracht, das man hatte herrichten lassen. Dies hinderte die boshaften Leute nicht daran, weiterhin zu zweifeln: Ihrer Meinung nach waren die Überreste, die der Sarg enthielt, nicht diejenigen Caruttis. Und man durfte der Identifizierung des Leichnams, die stattgefunden hatte, bevor er im Sarg verschlossen worden war, nicht so leicht Glauben schenken. Denn diese Identifizierung hatte – auch wenn alle vom Gesetz vorgeschriebenen Formalitäten erfüllt waren – im April 1945 stattgefunden, in Invorio, wo kein Mensch Carutti je zu Lebzeiten gesehen hatte; und sie hatte also gezwungenermaßen auf Grund einer einzigen Aussage, eben derjenigen der Ehefrau, stattgefunden. Und wenn nun die Frau – so sagte man sich – ein Interesse daran hatte zu lügen? Und wenn nun dieses Interesse mit einer genauen Abmachung, einem heimlich zwischen ihr, Carutti und Midana-Marazi vereinbarten Betrug zusammenhing? Carutti – das wußten alle – war einer der fanatischsten Faschisten gewesen, einer der wenigen, die bis zuletzt an Hitlers Geheimwaffe geglaubt hatten. Er hatte deshalb nicht gezögert, mit der SS zu kollaborieren, auch als die andern sich schon wohlweislich davor hüteten. Und es schien, daß diese schändliche Kollaboration Caruttis mit einem Gemetzel im Zusammenhang stand, von dem man ganz genau wußte, wo und wann es stattgefunden hatte. Was hätte es für eine bessere Gelegenheit gegeben, sich vor der gerechten Strafe zu retten, als diejenige, welche die Schlauheit der Frau – und das Zusammenwirken günstiger Umstände – anbot: die Gelegenheit, sich als tot auszugeben, indem man die eigene Identität mit derjenigen der Leiche eines Unbekannten auswechselte? Als Belohnung dafür oder als Vorbedingung konnte die Frau die Erlaubnis verlangt haben, daß sie eines Tages den Mann, den sie liebte, heiraten könne…

Und so war es auch – wie eben die bösen Zungen behaupteten – geschehen. Carutti mußte noch gesund und lebendig sein: in Venezuela, in Brasilien; oder vielleicht steckte er unter falschem Namen in irgendeinem Irrenhaus. Die Witwe, besser gesagt, die angebliche Witwe, hatte sich drei Jahre darauf mit Midana-Marazi verheiratet; als Mitgift brachte sie die Villa in V., die Konfektionsfabrik und weitere ansehnliche Kapitalien in die Ehe, welche Carutti übrigens rechtzeitig auf den Namen der Frau hatte überschreiben lassen, auch in Form von Aktien. Der Ehe mit Midana-Marazi entsprossen zwei Söhne, und zwei weitere Kinder, deren Vater Carutti war, wurden von Midana-Marazi adoptiert und bekamen drei Familiennamen: Carutti-Midana-Marazi.

Ich hatte den Ingenieur Mark Midana-Marazi gleich in der ersten Woche nach meiner Ankunft in V. kennengelernt. Die Villa war wunderschön, und sie lag nahe genug bei Turin, daß sie von Leuten wie dem Ingenieur, der beruflich oder geschäftlich den Tag in der Stadt verbringen mußte, ständig bewohnt werden konnte. Aber es gab keine Zentralheizung, und gerade damals hatte sich der Ingenieur entschlossen, sie einrichten zu lassen, damit er im nächsten Herbst endgültig nach V. ziehen konnte. Der Aufseher der Villa überwachte die Handwerker während ihrer Arbeiten im Innern des Hauses. Trotzdem hatte man einige Diebstähle festgestellt ... nichts Schwerwiegendes: ein Bettvorleger von gewissem Wert, einige Nippesfiguren. Es gab gegen keinen der Arbeiter Beweise oder Verdächtigungen. Deswegen war ich gerufen worden. Und so begann meine Freundschaft mit Flock und – ich muß sagen – auch meine Abneigung gegen seinen Herrn.

Der Ingenieur gehörte zu jener Art von Leuten, die ich am allermeisten hasse ... das heißt – um genau zu sein – zur einzigen Art von Leuten, die ich hasse, denn die gewöhnlichen Verbrecher, die Übeltäter, die Mörder hasse ich nicht, nein: Ich bekämpfe sie, ich tue mein möglichstes, um ihre Tat aufzudecken und sie ins Gefängnis zu bringen, wenn sie es verdienen, damit sie der Gesellschaft nicht mehr schaden können; aber ich hasse sie nicht. Ich weiß, daß sie zum großen Teil nicht aus eigener Schuld zu dem geworden sind, was sie sind; es ist die Schuld der Eltern, der genossenen

Erziehung, des Elends, des Hungers, der Krankheiten, der erb- oder umweltbedingten Verletzungen. Ich hasse sie nicht, nein, sie tun mir nur sehr leid. Aber jene andern wie den Ingenieur, die von der Familie und vom Schicksal all das erhalten haben, wessen ein Mensch bedarf, um recht aufzuwachsen und sich zu entwickeln, und die trotzdem so hartnäckig Befürworter der Ungerechtigkeit und der Bevorzugung geworden sind, indem sie noch den eigenen schmutzigen Egoismus mit dem Namen Gottes, der Kirche, der Heiligen, des göttlichen Rechts überdecken, eines Rechts, wonach – wie sie meinen – der Reiche reich sein soll und immer reicher ... nun, diese verabscheue ich aus ganzem Herzen. Midana-Marazi war in der Kampagne für das Referendum von 1946 einer der feurigsten Monarchisten gewesen. Dann war er zur liberalen Partei übergegangen; und nun war er bei den letzten Kommunalwahlen zum Gemeinderat tatsächlich gewählt worden. Er behandelte alle Einwohner des Dorfes mit geheucheltem Wohlwollen und tat so, als spreche er nur Dialekt; sein Gesichtsausdruck indessen zeigte die vollkommene Verachtung, die er für diese Leute hatte, und die völlige Überzeugung seiner eigenen Überlegenheit. Um die Leute einigermaßen für sich zu gewinnen, hatte er während des Wahlkampfes feierlich versprochen, daß er, falls man ihn zum Gemeinderat ernenne, persönlich für die Finanzierung der Blaskapelle aufkommen werde, indem er neue Instrumente kaufen und ein für die Proben notwendiges Lokal mieten werde. Er hielt das Versprechen. Aber der Bau des neuen Rathauses, welches das alte, von den Bomben beschädigte und unbrauchbar gewordene ersetzen sollte, war einer Firma in Casale anvertraut worden, die mit der Firma, welche den Einbau der Zentralheizung in der Villa besorgte, identisch war. Es gab selbstverständlich keinen Beweis dafür, daß Midana-Marazi auf die Arbeiten an der Zentralheizung eine Ermäßigung erhielt. Und die Rechnungen waren zweifellos vollkommen in Ordnung. Die Rechnungen sind bei diesen Leuten immer ›in Ordnung‹. Und gegen sie gibt es nie auch nur den geringsten ›Beweis‹. Das gehört zu ihrem Spiel.

Du wunderst dich, daß ein Maresciallo der Carabinieri so sprechen kann? Ich meine, du solltest dich eher über das Gegenteil wundern. Die Zeiten ändern sich eben!

Jedenfalls war mir der Ingenieur sofort unsympathisch, und zwar nicht nur auf Grund dessen, was ich im Dorf über ihn gehört hatte, sondern auch wegen der Art und Weise, wie er sich im Zusammenhang mit den kleinen Diebstählen benommen hatte. Er verlangte, daß ich an alten Handwerkern, Technikern der Hydraulik, deren ganzes Leben ein Spiegel der Anständigkeit war, am Ausgang der Villa nach der Arbeit Leibesvisitationen vornahm. Und meiner Aufforderung, den ungefähren Wert der fehlenden Gegenstände für das Protokoll anzugeben – was ja vom Gesetz vorgeschrieben ist –, wollte er nicht nachkommen. Dies offenbar aus dem Grund, weil jener Bettvorleger und jene wenigen Nippesfiguren viel weniger kostbar waren, als er mich glauben lassen wollte.

›Es geht nicht um den Wert, verstehen Sie, Maresciallo?‹ – Er sprach das R auf französische Art aus – ›Es geht ums Prinzip. Es geht um die Gerechtigkeit. Ich kann nicht dulden, daß Arbeiter, die in meinem Haus beschäftigt sind, mir etwas entwenden…, auch wenn es nur eine Sicherheitsnadel wäre! Verstehen Sie?‹

Schließlich aber wurden nach dem dritten oder vierten Mal, da ich in die Villa ging, die fehlenden Gegenstände in einem Verschlag unter der Treppe wiedergefunden; sie lagen unter einem Haufen Altpapier. Der Ingenieur behauptete, die Arbeiter hätten sie – durch meine Besuche aufgeschreckt – rasch zurückgebracht, oder sie hätten die Sachen in der Absicht, sie später wegzubringen, dort versteckt.

Ein einziger Blick genügte, um festzustellen, daß das Zeug wertlos war und daß die Verdächtigungen des Ingenieurs nur ein wütender und angstvoller Ausbruch seines Geizes waren. Gab es also gegen ihn, der so sehr an den Prinzipien festhielt, der so viel über Gerechtigkeit sprach, gab es gegen ihn nie ›wahre Beweise‹? Handelte er also immer nach dem ›Gesetz‹? Ach, ich wußte, vielmehr ich fühlte, daß dem nicht so war; dazu brauchte ich ihn nur anzuschauen: diese spitze Mardernase, diese Selbstzufriedenheit in seinen Augen, dieser schmale Kahlkopf, dieser überlange, aber wohlgenährte Körper, diese leicht gebeugten Schultern mit ihrem Ausdruck der Bereitschaft, etwas an sich zu reißen, es sich anzueignen…

Ich haßte ihn, und ich hätte meine Beförderung zum Adjutanten der Gefechtseinheit hingegeben, wenn es mir gelungen wäre, ihn zu erwischen. Aber wie konnte ich auf eine solche Gelegenheit hoffen, ich, ein armer Maresciallo im Dorfe V., der ich ohne weiteres abkommandiert werden konnte, sobald meine Vorgesetzten dies für notwendig erachteten? Die Tätigkeiten des Ingenieurs Midana-Marazi wickelten sich in Turin, in Mailand, in Genua, in Rom, im Ausland ab, in Gebieten, die von meinem kleinen und unbedeutenden Revier zu weit entfernt lagen!

Ich mußte es eben aufgeben.

Doch nein. Ich blieb länger als vorgesehen in V., und zwei Jahre nach meiner Ankunft, zwei Jahre nach den angeblichen Diebstählen in der Villa, geschah genau das, was für mich nur eine verrückte Hoffnung gewesen war.

Der Anlaß war traurig. Es war ein Tag wie heute, ein Aprilsonntag, und gerade um die Jahrestage der Befreiung. Ich saß kurz nach ein Uhr in der Wohnung im ersten Stock der Kaserne mit meiner Familie beim Mittagessen. Es war heiß, und die Fenster standen offen. Da hören wir plötzlich mit aller Deutlichkeit einen Knall. Es war bestimmt kein Revolver- oder Gewehrschuß. Eher schien es die Explosion einer, sagen wir, geringen TNT-Ladung zu sein. Ich dachte sogleich an die Sprengung der alten Brücke bei der Provinzstraße nach Casale; seit zwei Monaten fuhr man nämlich schon über die neue Brücke. Aber es war ja Sonntag. Niemand beginnt sonntags mit einer neuen Arbeit – und zu dieser Stunde, ohne die Carabinieri zu verständigen! Außerdem lag die Brücke fast zwei Kilometer außerhalb von V., und der Knall, den wir gehört hatten, schien im Gegensatz dazu aus nächster Nähe zu kommen. Ich schaute aus dem Fenster, in der Hoffnung, etwas sehen zu können.

Die Kaserne stand an der Ecke des großen Marktplatzes, der zu dieser Stunde völlig menschenleer war; an seinem Ende, auf der rechten Seite, begann die Straße, die die Piazza mit der Provinzstraße Richtung Turin verbindet und die am Haupteingang – das heißt am großen Tor – der ehemaligen Carutti- und jetzigen Midana-Marazi-Villa vorbeiführt. Aber von meinem Fenster aus sah ich von der Villa nur ein Stück Mauer und die hohen Bäume des Parkes.

Ich bemerke jedoch sofort, daß der Knall einige Leute aus den Häusern oder an die Fenster rund um den Platz gelockt hat. Besonders beim »Leon d'Oro« sind alle herausgetreten. Und sie schauen geradewegs zur Villa hinüber. Ein Carabiniere, der die Kaserne verlassen hat und mitten auf den Platz geeilt ist, läuft zurück und ruft, als er mich am Fenster sieht: ›Signor Maresciallo, der Rauch dieser Explosion ist dort, gerade vor dem Tor der Villa!‹

Zwei Minuten später sind wir dort. Eine Ecke des rechten Torpfeilers – ein altes Gemäuer, teilweise aus Stein, teilweise aus Ziegeln errichtet – ist ganz zertrümmert: Man sieht so etwas wie einen Riß, drei oder vier der alten Backsteine sind frisch zerschlagen, ihre Farbe ist zart, ungefähr wie die der Aprikosen, in der Luft nimmt man Pulvergeruch wahr, der Rauch ist noch nicht abgezogen. Auf der andern Seite des Tors, auf dem Kies ausgestreckt, mit dem weißen Bauch nach oben, all die schönen blonden Haare hingestreut, unbeweglich, tot, zweifellos tot: der arme Flock!

Es war tatsächlich nicht möglich, daß er schlief. Er hätte mich kommen hören, um so mehr, als hinter mir und dem Schreiber gut zwanzig Leute ans Tor getreten waren: die mutigsten im Dorf. Sie sprachen alle aufgeregt durcheinander und kommentierten das Ereignis. Es handle sich um eine Bombe, sagten sie, oder um eine kleine Ladung Dynamit. Wer war es gewesen? Sie stellten sogleich alle möglichen Vermutungen an: die Partisanen? Persönliche Rache gegen den Ingenieur oder gegen die Frau wegen ihres ersten Gatten? Ein Unglück? Aber wie ließ sich unter diesen Umständen – zu dieser ruhigen Stunde, zur Zeit des sonntäglichen Mittagsschmauses und am Gartentor der Midana-Marazi-Villa – ein Unglück erklären? Und da war auch einer, der sich, während die andern redeten, umschaute, als fürchte er, hinter den Fensterläden der Häuschen an der andern Seite der Straße einen Arm auftauchen zu sehen: einen Arm, der eine zweite Bombe warf. Eine lächerliche Furcht, denn wir wußten ja alle, wer die Bewohner jener Häuschen waren, und wir wußten, daß es die ruhigsten Leute auf der Welt waren. Aber ein anderer ging gebeugt an der Gartenmauer der Villa entlang und schaute in die grasbewachsene Rinne, vielleicht um eine weitere Bombe, eine Zeitbombe, zu suchen oder Teile derjenigen, die explodiert war und Flock getötet hatte.

Inzwischen hatte ich versucht, das Tor aufzustoßen. Es war verschlossen. Und einen Augenblick lang waren mir, während ich all das wirre Gerede der Leute vom Dorf um mich herum hörte, die Gedanken wie entschwunden; ich schaute nur schmerzerfüllt auf den armen Flock, der mir nie wieder entgegenspringen würde, und auf die große, verlassene Wiese und auf die stumme, verschlossene Fassade der Villa, die kein Lebenszeichen von sich gab. Die großen türkisfarbenen Stores waren jedoch an allen Glastüren heruntergelassen, und dies bedeutete, daß die Herrschaften in der Villa weilten. Weshalb nur waren sie nicht herbeigeeilt? Weshalb nur hatte sich noch niemand blicken lassen, nicht einmal der Gärtner und Aufseher, der mit seiner Frau ein Gartenhaus in der Nähe des Tores bewohnte? Diese Frage, die ich an mich selbst richtete, nahm der Chor der Neugierigen hinter mir auf; auch jetzt gingen die Meinungen auseinander: ›Der Ingenieur und Madame sind nach Turin zur Messe gefahren und noch nicht zurückgekehrt…! Nun ja, aber der Gärtner…? Der Gärtner, der ist taub…! Und der Kammerdiener, und der Koch, und die Magd: alle taub? Weshalb sieht man denn die nicht?‹

Es war zweifellos seltsam. Ich versuchte zu läuten; aber die Klingel war ausgerechnet im Innern einer Rille des bei der Explosion beschädigten Pfeilers angebracht; höchstwahrscheinlich war die elektrische Leitung unterbrochen. Da versuchte jemand mit lauter Stimme zu rufen: ›Herr Ingenieur! Herr Ingenieur!‹ Wir warteten einige Sekunden, schwiegen, starrten auf die Villa. Aber niemand antwortete, und niemanden sah man herauskommen. ›Wer weiß, vielleicht sind alle tot‹, sagte einer leise und erhielt ein allgemeines Gelächter zur Antwort. Aber ich hatte inzwischen meinen Carabiniere in die Kaserne geschickt, er solle anrufen. Ein Bursche war auf das Gitter gestiegen und wollte schon auf der andern Seite hinunter. Ich befahl ihm, herunterzukommen. Und da rennt endlich der Gärtner und Pförtner – in der weißen Jacke eines Dieners und in weißen Handschuhen – herbei.

Er sei vom Telefonanruf des Carabiniere geweckt worden, sagte er; denn sonntags habe das Personal, das heißt der Koch und der Kammerdiener, gewöhnlich freien Ausgang, sie gingen nach Turin, während er und seine Frau sie verträten; und gleich nach dem Essen, wenn der Ingenieur und die Dame sich zur Ruhe begaben, benützten sie die Gelegenheit, um auch ein wenig auszuruhen; aber sie gingen jeweils nicht ins Gartenhaus, sondern ruhten dort, in der Küche, denn nachher müßten sie noch Geschirr abwaschen... Nein, sie hätten keinen Knall gehört, weder er noch seine Frau. Und auch die Herrschaften nicht, sonst hätte der Ingenieur ihn ja sofort gerufen. Alle diese Erklärungen schienen mir zu zahlreich und zu überstürzt und außerdem nicht befriedigend zu sein; das ganze Dorf hatte den Knall, der ja sehr laut gewesen war, gehört. Wie war es dann möglich, daß die Bewohner der Villa, die viel näher beim Explosionszentrum waren, nichts gehört hatten? Der Pförtner hatte inzwischen mit dem Schlüssel das Tor geöffnet. Ich war allein eingetreten und hatte wieder abschließen lassen; bei der Menschenmenge, die von Minute zu Minute größer wurde, hatte ich den von der Kaserne zurückgekehrten Carabiniere und den Schreiber gelassen. Ich beugte mich über Flock und untersuchte ihn äußerst sorgfältig, um zu sehen, ob er irgendeine Verwundung aufwies. Doch er war unverletzt. Der Tod mußte einfach durch die Heftigkeit des Luftdrucks der Explosion eingetreten sein. Die Annahme war, meiner eigenen Erfahrung nach, fast eine Gewißheit. Denn der arme Flock befand sich wenige Meter von der Bombe entfernt, die gegen die Basis des Pfeilers geschleudert worden sein mußte.

Ich behaupte nicht, ein Sachverständiger der Ballistik zu sein. Aber wie du weißt, war ich während des Krieges in den Jahren 1935 und 1936 in Ostafrika. Nun, als ich Flock betrachtete, erinnerte ich mich daran, daß ich Äthiopier und sogar einen meiner Gefährten gesehen hatte, die auf dieselbe Weise umgekommen waren, ohne Blutspur und ohne die geringste Verletzung. Sie waren durch den Luftdruck gestorben, den unsere gewöhnlichsten und am häufigsten verwendeten Handgranaten verursachten: die sogenannte Oto-Bombe, die kleiner war als ein Ei, halb schwarz, halb rot, und die aussah wie ein Spielzeug. Es war eine Bombe, die mehr Furcht einflößte als Schaden anrichtete. Ihr ohrenbetäubender Knall stand in keinem Verhältnis zur Zerstörungskraft. Aber wenn jemand das Unglück hatte, in die Nähe der Explosion zu geraten, wie es eben meinem Kameraden während einer Übung zugestoßen war, konnte er durch die Heftigkeit des Luftdrucks getötet werden. Ich erinnerte mich nun auch, daß die Oto-Bombe eine besondere Sicherheitsvorrichtung besaß: ein Pappzünglein, das man wegreißen mußte, bevor man sie warf. Wenn also die gegen das Gartentor geworfene Bombe gerade eine Oto-Bombe oder eine ähnliche Waffe gewesen war, konnte man möglicherweise – wenn man das Kopfsteinpflaster geduldig absuchte – das Zünglein finden. Im Krieg und bei den Übungen ließ man es immer achtlos fallen; es war denkbar, daß auch der Attentäter, als er die Bombe gegen das Tor der Villa geschleudert hatte, sich so verhielt – aus bloßer Unachtsamkeit oder wegen der Aufregung. Nur ein kaltblütiger Verbrecher, der seine Nerven vollständig beherrscht, erinnert sich daran, daß er das Zünglein sogleich nach dem Abreißen in die Tasche stecken sollte.

Ich befahl den Carabinieri, sie sollten die Leute bis zur Piazza zurücktreiben, das heißt, von der Stelle weg, von wo aus der Attentäter die Bombe geworfen haben konnte. Fast sicher hielt er sich hinter der Ecke der Hausmauer auf der dem Tor gegenüberliegenden Straßenseite versteckt, um sich so den Blicken jener, die trotz der Tageszeit noch auf der Piazza waren, zu entziehen. Ich sagte den Carabinieri, sie sollten das Kopfsteinpflaster in jenem Abschnitt gut absuchen. Dann ging ich mit dem Pförtner zusammen auf die Villa zu.

Der Pförtner versuchte mich zwar aufzuhalten: ›Aber der Herr Ingenieur ruht, ich habe es Ihnen schon gesagt. Es ist mir absolut verboten, ihn zu wecken.‹

›Das ist gleich, wecken Sie ihn trotzdem. Ich übernehme die Verantwortung. Jetzt befehle ich.‹

Im Wohnzimmer des Erdgeschosses mußte ich einige Minuten warten, bis der Ingenieur auftauchte; er trug eine Pyjamajacke und rieb sich die Augen, als wollte er mir ohne Worte beweisen, daß er eben aufgewacht wäre. Diese zur Schau gestellte Verschlafenheit rief mir jedoch das Gerede des Pförtners in Erinnerung, der kurz vorher, nachdem ihn der Anruf aus der Kaserne alarmiert hatte, ebenfalls noch geschlafen haben wollte. Er und seine Frau hatten den Knall angeblich auch nicht gehört.

Es war sehr seltsam – und dieser Gedanke kam mir erst jetzt, mit einer Verspätung von fünf Minuten, gerade im Augenblick, da der Ingenieur aufgehört hatte, sich die Augen zu reiben, und mir die Hand hinstreckte –, es war sehr seltsam, daß der Pförtner eingeschlafen sein sollte, ohne auch nur die weißen Baumwollhandschuhe auszuziehen, mit denen er offenbar am Tisch serviert hatte; am Sonntag ersetzte er ja den Diener.

Lieber Mario, im Beruf eines Detektivs ist nicht alles logisch … nun ja, diesmal ist sich dein Freund, der Maresciallo, tatsächlich wie ein Detektiv vorgekommen… Also, ein richtiger Detektiv ist so etwas wie ein Spürhund, und der Spürhund arbeitet ganz mit der Nase, nicht wahr? Als der Ingeni-

eur mir die Hand reichte, indem er mich schlau und fast
mißtrauisch aus seinen Marder- und Fuchsaugen ansah und
seine aristokratischen R, die so sehr nach altem Piemonte-
sisch klangen, in der Kehle rollte – ›Lieber Maresciallo, entschuldigen Sie, wenn ich Sie habe warten lassen…‹ –, da
strömte sein ganzer Körper den Geruch eines Menschen aus,
der vom Essen kommt und die Mahlzeit genau nach dem
Braten und den Pommes frites unterbrochen hat.

›Eine Bombe? Am Gartentor? Flock tot? Wegen des Luftdrucks? Aber was erzählen Sie mir da, Maresciallo! Wenn Sie
es nicht wären, würde ich es nicht glauben…‹

›Wenn Sie es nicht glauben, kommen Sie mit mir und sehen Sie…‹

›Doch, doch, ich glaube es natürlich. Auch der Pförtner
hat es mir gesagt. Nein, ich gehe nicht schauen. Zumindest
nicht jetzt. Was wollen Sie – die Sache schmerzt mich allzu
sehr. Armer Flock. Armer Flock.‹

›Es ist nicht nur wegen Flock. Sie müssen das sofort in
Augenschein nehmen: Die Bombe hat am rechten Torpfeiler
Schäden verursacht, im ganzen gewiß leichte Schäden; aber
Sie müssen sie auf jeden Fall feststellen…‹

›Das werde ich tun, zweifeln Sie nicht daran, lieber Maresciallo; aber ich begreife nicht, weshalb diese ganze Eile.
Nun ist doch der Schaden schon angerichtet, leider…‹

›Ja, aber es ist auch wegen der Anzeige. Je rascher Sie
dafür sorgen, Herr Ingenieur, desto besser.‹

›Die Anzeige?‹ Er tat so, als falle er aus allen Wolken, als
denke er einen Augenblick lang nach, indem er ins Leere
starrte. Zum Schluß wandte er den Blick wieder auf mich,
schüttelte gutmütig den Kopf und legte mir eine Hand auf
die Schulter (und wiederum roch ich den frischen Braten
und die Pommes): ›Unter uns gesagt, lieber Maresciallo…
glauben Sie, eine Anzeige sei tatsächlich notwendig? Sei angebracht? Denn schließlich – unter uns gesagt, wenn wir
frei miteinander reden können –, unter uns gesagt wissen
wir ja sehr wohl, wer es gewesen sein kann…‹, und er
schloß das eine Auge zu einem tiefen Zwinkern.

Ich beantwortete das Gezwinker nicht. Ich lächelte nicht. Ich sagte ernst, ich hätte nicht die geringste Ahnung, wer der Schuldige sein könne. Ich sei seit zwei Jahren in V., kenne alle und hätte gar keinen Verdacht. Ich würde einfach meine Untersuchungen anstellen, und wenn es mir gelänge, etwas aufzudecken, würde ich auf niemanden Rücksicht nehmen. Gewiß, der Herr Ingenieur könne, ja er müsse mir sogar die Indizien mitteilen, die er besitze – auch bloße Verdächtigungen. Ich würde äußerst zurückhaltend davon Gebrauch machen, niemand werde erfahren, wer sie mir verraten habe; an solche Geheimhaltungspflichten sei ich nachgerade gewöhnt. Aber gerade deswegen sei eine offizielle Anzeige notwendig.

›Nun gut, ich werde es mir überlegen und Sie benachrichtigen‹, sagte er, als er mich zur Tür begleitete. ›Schließlich kann es auch sein, daß Sie recht haben. Aber sehen Sie – in diesem Augenblick ist mein Seelenzustand, wie soll ich sagen?, eher auf Nachsicht eingestellt, aufs Laufenlassen. Es sind die Jahrestage der Befreiung und … und diese tapferen, ein wenig heftigen Burschen, die in mir den Feind sehen – oder geradezu einen, der dem vergangenen Regime nachtrauert, vielleicht wegen meiner persönlichen oder familiären Erlebnisse, während doch ganz klar und erwiesen ist, daß ich sogar zum Befreiungskomitee gehörte –, kurzum, diese tapferen Burschen haben sich vielleicht austoben wollen. Und ich lasse sie sich austoben, indem ich Unserm Herrn danke, daß das Unheil nicht schlimmer gewesen ist. Gewiß, falls das Ereignis sich wiederholen sollte, würde ich nicht zögern…‹

Da kam gerade die Frau herein. Sie war noch immer schön: schlank, fein, elegant. Sie weinte um Flock, zum Glück hätten die Osterferien schon begonnen, so daß alle vier Kinder mit der Gouvernante zum Skifahren auf dem Monte Rosa seien. ›Wissen Sie, sie hatten das Tier so lieb, so lieb! Aber ich habe es dir doch gesagt, Mark…‹, fügte sie, zum Ingenieur gewandt, lebhaft hinzu, ›… ich habe dir doch gesagt, daß ich einen Knall hörte, ich versuchte sogar, dich zu wecken. Aber du… Wissen Sie, was ich gedacht habe, Maresciallo? Daß es die Proben zum Feuerwerk für das Fest… das Fest…‹

›... das Fest der Befreiung‹, half ich ihr. Ich verabschiedete mich und ging.

Unterwegs zum Tor begegnete ich dem Pförtner, der einen Karren vor sich herschob, auf welchem Flocks Leiche, ein Spaten und eine Hacke lagen. Der Aufseher sagte mir, der Herr Ingenieur habe befohlen, Flock sofort im Park hinten, an der am weitesten entfernten Stelle des Wäldchens, zu begraben. Ich verbot es ihm strikt; er könne mein Verbot dem Herrn Ingenieur ruhig mitteilen. Es sei Sonntag, ich könne den Tierarzt der Gemeinde nicht erreichen, der die Todesart des Hundes feststellen und ein formelles Protokoll abgeben müsse. Wenn dann der Herr Ingenieur noch immer darauf beharre, solle er ihm sagen, er möge mich sofort in der Kaserne anrufen.

Vor dem Tor standen nun keine Leute mehr. Und der Brigadiere hatte den schwarzen Karton des Sicherheitszüngleins gefunden; es sah – so erinnerte ich mich – genauso aus wie das an den Oto-Bomben.

Wenn diese Erzählung nicht wie all die vorhergehenden, die du gehört hast, auf tatsächlich geschehenen Ereignissen beruhte, könnte ich dir jetzt ohne die geringste Schwierigkeit einen kleinen Kriminalroman mit allen Zutaten zusammenbasteln: mit einer Anzahl falscher Indizien, vermischt mit ein paar richtigen, und indem ich dir, einen nach dem andern, zahlreiche Schuldige vorführen würde, unter welchen du natürlich nach und nach den wahren antreffen und selbst entdecken würdest. Aber ich würde dich bis Mitternacht damit hinhalten. Und ich will nichts erfinden.

Ich folgte wie immer meinem Instinkt. Dieser berief sich auf die deutliche Lüge des Ingenieurs, daß er im Augenblick, da es knallte, geschlafen habe, während er in Wirklichkeit noch bei Tisch saß; er berief sich noch stärker auf seinen Widerstand gegen die Unterzeichnung einer Anzeige. Dieser Widerstand war dem herrsch- und rachsüchtigen Wesen des Ingenieurs so sehr entgegengesetzt, daß er allein schon genügte, mir eine Ahnung zu geben, wie das Problem zu lösen sei. Und zwar so: Die Bombe war eine Drohung, deren Sinn dem Ingenieur und seiner Frau nur allzu deutlich war; derjenige, der die Bombe geworfen hatte, mußte ein ihnen bekannter Mensch sein oder ein von einem solchen Angestifteter, und er war aller Wahrscheinlichkeit nach kein Bewohner von V., sondern kam von auswärts.

Als ich wieder in der Kaserne war, gab ich dem Brigadiere den Auftrag, einen Rundgang durchs Dorf zu machen und sich nach der Identität der wenigen Auswärtigen zu erkundigen, die an jenem Tag und am Abend zuvor unterwegs gesehen worden waren. Heutzutage fährt man zwar rasch von einem Ort zum andern. Aber die Geschichte ereignete sich vor zehn Jahren, und das Dorf V. lag abseits der großen Verbindungsstraßen und war den Touristen völlig unbekannt. Vor zehn Jahren hatte der ›gastronomische‹ Tourismus, der heute so beliebt ist, noch nicht begonnen. Heute sind wahrscheinlich die beiden Restaurants in V. samstags und sonntags immer mit Durchreisenden gefüllt, die von Turin, Casale, Alessandria, Genua und Mailand herkommen…

Den Anmeldezetteln im ›Leon d'Oro‹, dem einzigen Hotel von V., entnahm ich jedoch, daß am Vorabend sich ein gewisser Albino Sirombo hier einquartiert hatte; er stammte aus Caltignaga in der Provinz Novara, war neununddreißig Jahre alt und montierte für eine Firma in Borgomanero Fernseh- und Radioapparate. Ich ging sofort weg, in der Absicht, im ›Leon d'Oro‹ einen Blitzbesuch zu machen und nachzuschauen, ob Sirombo noch dort war; mein Besuch konnte keinen Verdacht erwecken. Oftmals ging ich am Sonntagnachmittag dort vorbei und trank einen Kaffee. Und es kam auch vor, daß ich sitzenblieb und Karten spielte.

Vor dem ›Leon d'Oro‹ sah ich einen leuchtendgelb bemalten Lieferwagen stehen, einen Cerbiatto. Als ich sogleich nach dem Knall aus dem Fenster geschaut hatte, stand er noch nicht dort: Ich hätte es beschwören können. Der Lieferwagen hatte ein Nummernschild von Novara und war mit dem Namen der Firma aus Borgomanero und der Bezeichnung ›Radio- und Fernsehapparate‹ beschriftet.

98

Drinnen, in einer Ecke des Restaurants, welches ein einfacher Bogen von der Bar trennte, saß ein einziger Gast: ein magerer Mann mittleren Alters, mit schwarzem, gelocktem Haar, das über der Stirn aufragte, wie es nach dem zweiten Weltkrieg bei den jungen Männern Mode war: der sogenannte Bürstenschnitt. Er hatte soeben zu essen begonnen. Vom Wirt erfuhr ich sofort, daß dies eben jener Albino Sirombo war. Offensichtlich hatte er mit seinem Lieferwagen am Morgen irgendeinen andern Ort, irgendein Dorf in der Nähe, besucht; und deshalb aß er mit so großer Verspätung. Ich schaute auf die Uhr: Es war halb drei; für ein Dorf wie V. vor zehn Jahren eine riesige Verspätung im Verhältnis zur gewohnten Essenszeit. Der Wirt sagte mir auch, daß das Feuer in der Küche schon gelöscht gewesen sei und daß man es wieder habe anzünden müssen; das ärgerte ihn, denn gekocht wurde natürlich noch auf Holzfeuer. Es gab keine Gelegenheit zum Kartenspiel, und ich machte mich deshalb, nachdem ich den Kaffee getrunken hatte, auf den Weg. Aber nachdem ich einen letzten Blick auf Sirombo geworfen hatte, der mit äußerster Gier, ganz über den Teller gebeugt, aß, bat ich den Wirt, sich höflich zu erkundigen, wo Sirombo am Morgen mit seinem Lieferwagen gewesen war, und mich in der Kaserne anzurufen, sobald er es erfahren habe; doch er solle gut aufpassen, daß die Kabinentür hermetisch verschlossen sei, während er spreche… Ich glaube nicht, lieber Mario, daß ich dir etwas Neues enthülle, wenn ich dir erzähle, daß Wirte, Kellner, Serviermädchen und Dirnen traditionsgemäß die selbstverständlichen Informanten der Polizei sind.

Kaum eine Stunde danach rief der Wirt mich an. Sirombo hatte gesagt, er sei in C., einem wenige Kilometer entfernten Dörfchen, gewesen. Nun sei er hinaufgegangen, um zu ruhen, und er habe gesagt, man solle ihn nicht wecken, außer wenn jemand ihn am Telefon verlange. Ich rief sofort meinen Kollegen in C. an, um meine Vermutungen zu bestätigen. Und die Bestätigung kam fast sogleich: In C. war weder am Morgen jenes Sonntags noch an irgendeinem andern Tag je ein Lieferwagen gesehen worden, der der Beschreibung des Cerbiatto aus Borgomanero entsprach.

Ich saß wiederum bei Tisch, es war abends, da rief der Wirt mich nochmals an. Ich hatte ihn natürlich gebeten, mich über Sirombos Kommen und Gehen auf dem laufenden zu halten. Der Wirt teilte mir – nicht ohne eine gewisse Aufregung – mit, daß vor zwei Minuten der Pförtner aus der Villa im Auftrag des Herrn Ingenieurs hergekommen sei. Der Fernsehapparat in der Villa sei kaputt. Der Pförtner sagte offenbar, er habe seit dem Vorabend den Lieferwagen vor dem ›Leon d'Oro‹ stehen sehen; falls dessen Fahrer – wie anzunehmen – auch Techniker sei, möge er sich bitte in die Villa begeben und sehen, ob er die Reparatur vornehmen könne. Normalerweise komme der Techniker aus Turin, aber sonntags seien alle Firmen geschlossen. Sirombo, *der es anscheinend schon wußte* (dies waren die Worte des Wirts am Telefon), war sofort aufgestanden, war herausgekommen, hatte den Pförtner in den Lieferwagen einsteigen lassen und war in Richtung Villa von der Piazza weggefahren.

Ich ließ zum zweiten Mal das Essen stehen und eilte mit einem Carabiniere fast im Laufschritt zur Villa. Aber beim Gehen sagte ich mir, ich sei eigentlich ein Dummkopf. Mit welchem Vorwand wollte ich denn die Villa betreten? Und selbst wenn ich den Vorwand gefunden hätte, was hätte ich schon ausrichten können? Meine Absicht war, den Cerbiatto zu durchsuchen: um zu sehen, ob noch eine Handgranate zum Vorschein kam. Aber wie hätte ich, bereits im Park der Villa, die Durchsuchung vornehmen können, ohne daß Sirombo und der Ingenieur es merkten?

Der Zufall hat mir geholfen. Im Gegensatz zu meiner Annahme war der Cerbiatto draußen stehengelassen worden: etwas vom Tor entfernt an der Gartenmauer. Die Straße ist an jener Stelle eng und weist an Feiertagen einen gewissen Verkehr auf; es steht deshalb ein Halteverbotsschild dort. Ich zögerte keinen Augenblick. Ich brach das Schloß auf, und der Carabiniere setzte den Lieferwagen sofort in Gang. Wir brachten ihn in den Hof der Kaserne. Nachdem das Tor geschlossen war, nahmen wir eine rasche, doch gründliche Durchsuchung vor. Und eine halbe Stunde später stand der Lieferwagen wieder an seinem Ort – wo man nicht anhalten durfte. Als wir am Gartentor vorbeifuhren, waren wir natürlich vorsichtig; ein Blick auf die Villa: Die Fenstertüren des Wohnzimmers im Erdgeschoß waren alle erleuchtet. Der Carabiniere, ein Römer, sagte lachend in seinem Dialekt: ›Nun, was sein muß, muß sein … Reparaturen an Fernsehapparaten dauern eben ziemlich lange…‹

Auch ich mußte lachen, ich war fröhlich. Jetzt hatte ich den Beweis, den ich gesucht hatte. Im Innern des Cerbiatto war mir zwischen den Fernsehapparaten, den Radios, den Widerständen, den Batterien und einer Menge Teufelszeug fast sofort eine Pappschachtel in die Augen gesprungen; sie war zwischen zwei Wandbrettern gut eingeklemmt. Im Innern der Schachtel befand sich ein Zellophanpäckchen, und in diesem Päckchen lagen ganz nahe beieinander und mit einer Schnur gut zusammengebunden vier dicke Päckchen Watte, wie man sie in den Apotheken verkauft; und inmitten dieser vier Päckchen, die sie verstecken und vor Stößen schützen sollten: rotschwarz und eiförmig eine richtige Oto-Bombe.

Am nächsten Morgen fuhr ich mit dem Postauto um Viertel vor acht nach Casale. Zuvor war ich am ›Leon d'Oro‹ vorbeigegangen. Ich erfuhr, daß Sirombo am vergangenen Abend bis zum Sendeschluß in der Villa geblieben sei; danach sei er ins Hotel zurückgekehrt und habe sich zur Ruhe begeben; man solle ihn um acht Uhr wecken und die Rechnung vorbereiten, weil er am Morgen abreisen wolle.

Um halb neun Uhr war ich in Casale bei meinem direkten Vorgesetzten. Ich erzählte ihm alles, bis in die geringsten Einzelheiten, ausführlicher und besser, als ich es jetzt bei dir getan habe. Ich erwartete Befehle. Mein Vorgesetzter, der sehr klug, aber auch sehr menschlich war, sagte mir darauf: ›Und wenn es von Ihnen abhinge, Maresciallo? Nehmen wir einmal an, Sie hätten in dieser Angelegenheit freie Hand: Wie würden Sie sich verhalten? Sagen Sie. Reden Sie ganz frei heraus.‹

Das tat ich. Ich hatte eine Idee, gleichsam einen Plan. Ich legte ihn meinem Vorgesetzten ungeniert vor. Und er sagte, nachdem er einen Augenblick lang darüber nachgedacht hatte, er müsse ein paar Anrufe erledigen; ich solle unten warten.

Nach einer halben Stunde rief er mich. Er empfing mich mit einem Lächeln und lobte meine ›Nase‹. Er hatte mit der Dienststelle der Carabinieri von Caltignaga gesprochen, und die Auskünfte stimmten genau mit meinem Verdacht überein: Albino Sirombo war … die rechte Hand des berühmten Funktionärs Carlo Emanuele Carutti gewesen, zuerst in Ostafrika, dann im Geschäft für Militärkleidung und schließlich während der ganzen Zeit des Faschismus. Doch vielleicht – weil seine Stellung zu unbedeutend gewesen war – gab es keine Beweise gegen ihn; er war auch nicht angeklagt worden. Und jetzt hatte er in der Firma für Radio- und Fernsehapparate eine bescheidene Anstellung als Vertreter und auch als Techniker. Er war ledig und in Borgomanero zu Hause, wo er bei seiner alten Mutter lebte. Jeden Montag ging er ins Geschäft, und die übrige Woche reiste er mit dem Lieferwagen im Piemont und in der Lombardei umher.

Mein Plan sei deshalb perfekt, schloß der Vorgesetzte. Ich könne ihn ohne weiteres in die Tat umsetzen, und vor allem ohne Zeit zu verlieren. Er habe schon angeordnet, daß ich in V. – solange es notwendig sei – ersetzt würde, und er habe selbst dafür gesorgt, daß meine Familie benachrichtigt werde: Es sei tatsächlich unumgänglich, daß ich nicht nach V. zurückkehrte, sondern mich geradewegs an den Ort begäbe, den ich genannt hätte. Zivilanzug? Ich würde ihn mir in Casale bei einem Kollegen, der ungefähr meine Figur habe, besorgen können. Auch der Kollege sei bereits benachrichtigt worden.

Ich hatte drei oder vier Tage Zeit verlangt. Mein Vorgesetzter gab mir eine Woche. Sollte es länger dauern, brauchte ich ihn nur telefonisch zu benachrichtigen. Aber mit all dem war eine Bedingung verknüpft.

Es war eine absolute Bedingung. Ich durfte auf gar keinen Fall meine wahre Identität enthüllen, ausgenommen natürlich gegenüber Vorgesetzten, Kollegen oder Angehörigen der Armee; aber auch ihnen gegenüber nur, wenn ich Hilfe benötigen sollte. Sirombo hatte mich zwar einen Augenblick lang an der Bar des ›Leon d'Oro‹ gesehen, aber aus einer gewissen Entfernung – und er hatte mit mir kein einziges Wort gewechselt. Außerdem war ich in Uniform; unmöglich konnte er mich wiedererkennen!

Ich durfte meine Identität nicht enthüllen; ich konnte also keine Verhaftungen vornehmen – nicht einmal Durchsuchungen, höchstens heimliche, wie diejenige im Cerbiatto. Noch weniger konnte ich Verhöre durchführen, die nicht ganz und gar den Anschein normaler und zufälliger Gespräche hatten. Ich mußte schlimmstenfalls so tun, als sei ich ein etwas neugieriger und schwatzhafter Mensch, von denen es ja soviele gibt. Die zweite Persönlichkeit, die ich mir zulegen sollte, war meinem eigenen Gutdünken überlassen. So mußte ich auch selbst entscheiden, wann der Auftrag als erfüllt betrachtet werden konnte. In dem Fall mußte ich mich sofort wieder nach Casale begeben und meinem Chef Bericht erstatten, nur ihm persönlich. Entsprechende Beschlüsse würden, nachdem er mich angehört hatte, ausschließlich von ihm gefaßt.

Dann konnte ich gehen.

Ich kleidete mich in Zivil, mietete einen Wagen, sorgfältig darauf achtend, daß ich den schnellstmöglichen wählte, mit dem Nummernschild einer andern Provinz als derjenigen, zu welcher die Gemeinde V. gehörte. Ich hatte das Glück, eine Appia, mit dem Nummernschild von Vercelli zu finden. Vor zwölf Uhr war ich schon in Borgomanero in der Fabrik für Radio- und Fernsehapparate. Da standen zwei weitere Cerbiatto, die ähnlich aussahen wie der von Sirombo; aber derjenige von Sirombo, den ich jetzt, auch ohne auf das Nummernschild zu schauen, leicht erkennen konnte, stand nicht dort. Einen Augenblick lang dachte ich, ich könne mich sehr wohl beim Portier des Gebäudes erkundigen, oder bei einem von Sirombos Kollegen, von denen ich einen gerade in jenem Augenblick zwischen dem Eingang der Fabrik und den Lieferwagen hin- und hereilen und Apparate befördern sah. Ich brauchte mich ja nur als einen Kunden von Sirombo vorzustellen. Es war ein Montagmorgen, ich wolle nur wissen, ob man Sirombo von seiner Rundreise zurückerwarte, und um welche Zeit genau. Aber dann dachte ich, daß Sirombo sogleich nach seiner Ankunft bestimmt davon benachrichtigt worden wäre, daß jemand ihn gesucht habe. So lief ich Gefahr, meinen ganzen Plan auffliegen zu sehen. Außerdem konnte er das aufgebrochene Schloß an der Tür des Lieferwagens nicht übersehen haben; und vielleicht hatte er auch schon das Verschwinden der zweiten Oto-Bombe festgestellt.

Ich beschloß deshalb, mich mit Geduld zu wappnen. Auf der andern Seite der Straße, nicht weit von der Fabrik entfernt, lag ein Café. Ich ließ meinen Wagen etwas weiter hinten stehen, trat ins Café und aß ein paar Panini, ohne je die Fassade des Gebäudes aus dem Auge zu lassen, vor welcher ich von einem Augenblick auf den andern das Erscheinen von Sirombos Lieferwagen erwartete, obschon er sich gut verspäten konnte. Er fuhr, auch wegen der empfindlichen Ladung, nicht schneller als sechzig bis siebzig Stundenkilometer. Wenn Sirombo, wie durchaus anzunehmen war, gegen neun von V. weggefahren war, würde er, auch wenn er unterwegs nie anhielt, erst gegen halb eins in Borgomanero ankommen; unmöglich früher.

Er kam um drei Uhr nachmittags. Er betrat die Fabrik, und bereits zehn Minuten später kam er wieder heraus. Ohne etwas ein- oder auszuladen stieg er wieder in den Lieferwagen und fuhr los. Ich war kaum schnell genug, um die Spur nicht zu verlieren. Ich war zu meinem Appia gerannt und hatte zur Verfolgungsfahrt angesetzt. Zum Glück war der Cerbiatto groß, hoch und ganz gelb, so daß man ihn aus sehr großer Entfernung sah. Er hatte die Strada di Gozzano in Richtung Ortasee eingeschlagen.

Ich gratulierte mir innerlich zu dieser gelben Farbe. Es gelang mir, sie nicht aus den Augen zu verlieren, ohne den Sicherheitsabstand zu mißachten – also den Abstand, der notwendig ist, damit der Verfolgte nicht merkt, daß er verfolgt wird. Natürlich hat der Ausdruck noch eine zweite Bedeutung: Der Sicherheitsabstand muß dem Verfolgenden gleichzeitig erlauben, die gegenteilige Gefahr zu vermeiden: daß nämlich die Spur verlorengeht.

Als wir durch Gozzano fuhren, ahnte ich Schlimmes. Wie du ja besser als ich weißt, sind dort zwei Bahnübergänge.«

»Jetzt ist es nur noch einer«, sagte ich lachend.

»Nun gut, aber vor zehn Jahren waren es noch zwei. Der Cerbiatto fuhr mehr als einen Kilometer weit vor mir. Während er über die Gleise fährt, sehe ich, daß die Barrieren sich zu senken beginnen. Ich schieße los, drücke so stark wie möglich aufs Gas; aber ich schaffe es nicht. Ich bin verloren: zumindest momentan. Meinen Vermutungen nach, die mein Vorgesetzter übrigens voll und ganz bekräftigt hatte, war Sirombo bei Midana-Marazi und dessen Frau der Überbringer einer Drohung und einer Erpressung. Sein Auftraggeber konnte nur derjenige sein, dem es gelungen war, sich offiziell für tot und begraben auszugeben, und der immer noch lebte, genau wie die Leute behaupteten. Aller Wahrscheinlichkeit nach war er irgendwo versteckt, und vielleicht verlangte er durch Sirombo von Midana-Marazi und der Frau Geld: Geld, viel Geld, so viel, wie notwendig war, um das Versteck verlassen und endlich nach Südamerika auswandern zu können. Möglicherweise wollte Midana-Marazi, weil er so geizig war, trotz der schwierigen Situation die Summe nicht bezahlen, die der ehemalige Funktionär verlangte. Daher die Diskussionen, der Streit, Sirombos Auftrag zu drohen. Meinen Vermutungen nach mußte also Sirombo an jenem selben Montag Carutti in seinem Versteck aufsuchen, um ihm alles zu berichten. An jenem Tag seine Spur zu verlieren bedeutete, ihn eine ganze Woche lang und sogar noch länger verfolgen zu müssen.

Obwohl ich verzweifelt war, stieg ich sogleich aus dem Wagen und ging zu Fuß über die Geleise: Jenseits des Bahnübergangs war eine Kurve; ich wollte schauen, ob es mir gelang, wenigstens festzustellen, welche Richtung der Cerbiatto eingeschlagen hatte. Gozzano ist ein Verkehrsknoten.

Aber der Cerbiatto war, Gott sei Dank, weder links zum Sorisohügel noch rechts zur Unterführung gefahren; er stand, nur fünfhundert Meter weit, vor dem zweiten Bahnübergang, der inzwischen ebenfalls geschlossen worden war.

Ich folgte ihm mit Leichtigkeit bis zum Beginn der absteigenden Straße, an deren Ende der See auftaucht. Da sah ich von weitem, daß der Cerbiatto von der Asphaltstraße in eine kleine, mit Kies bestreute Landstraße abbog, die im Wald verschwand. Es blieb mir nichts anderes übrig, als auch dort hineinzufahren. Aber auch wenn ich die gelbe Farbe nicht mehr sah, so führte mich doch der von der Straße aufgewirbelte Staub.

Am Waldausgang, bei einer Höhle, gabelt sich die Straße: Nach links führt sie auf halber Höhe am See entlang, nach rechts schlängelt sie sich zu einem Hügel hinauf, auf dessen Kuppe ich einen von Kastanienbäumen halb verdeckten Campanile und das Dach mit dem letzten Stockwerk eines langen, rechteckigen Gebäudes auftauchen sah; das konnte nur ein altes Kloster sein.

›Wohin führt diese Straße?‹ fragte ich einen Alten, der unbeweglich mitten auf der Lichtung vor der Höhle stand und den ich vorher überhaupt nicht gesehen hatte, vielleicht weil seine Kleider grau und weiß waren wie die Steine.

›Zum Kloster des…‹, und er nannte einen Namen, den ich nicht wiederholen darf.

›Ich habe verstanden. Aber dann? Wohin führt die Straße dann?‹

›Nirgendwohin, sie führt um das Kloster herum, auf die Kuppe hinauf, und kehrt zurück… Es ist immer dieselbe…‹

›So kann man also nach dem Kloster nicht weiterfahren?‹

›Mit dem Auto nicht. Es gibt einen Fußweg nach Invorio hinunter … den Ziegenpfad!‹

Ein Ziegenpfad! Ich durfte also ruhig sein: Sirombo konnte mir nicht mehr entkommen. Ich fragte den Alten, ob das Kloster bewohnt sei.

›Gewiß‹, sagte er, ›die Mönche sind dort, und diejenigen, die in der Schule arbeiten.‹

›Was für eine Schule?‹

›Die Nähschule; sie machen dort … wie sagt man? die Kutten, ja, die Kleider für die Mönche, auch für die der andern Klöster. Sie haben Nähmaschinen und alles Notwendige. Es werden etwa zwanzig Lehrlinge sein, Buben, kleine Buben, die so etwas wie Novizen sind und später, wenn sie alt genug sind, Brüder werden: Laienbrüder nennen sie sie. Ich hatte vor einem Jahr auch einen kleinen Neffen von mir hingeschickt, aber nach einigen Tagen ist er ausgerissen. Man begreift es, dort haben sie zu essen und ein Bett zum Schlafen, aber sonst ist es wie in einem Gefängnis. Man muß nicht Hunger leiden, und im Haus herrscht nicht Elend, aber ein normaler Knabe hält das nicht aus.‹

Ich ließ den Wagen unter den Nußbäumen stehen, so daß er jenseits der Gabelung auf der Seestraße versteckt war; wenn Sirombo mit seinem Lieferwagen wieder hinabfuhr, konnte er ihn nicht sehen. Und ich stieg zu Fuß zum Kloster hinauf. Das Sträßchen ist sehr bequem und malerisch: Alle fünfzig Schritte steht eine kleine Kapelle für die Stationen des Kreuzweges, ein Gehäuse mit einem farbigen Bild im Innern und einer an der Vorderseite, unten, angebrachten gemalten Aufschrift, vier Verse. Die Fresken sind sehr gut erhalten. Und die Verse – ich verstehe zwar nichts davon – schienen mir sehr schön zu sein. Ich hatte anderes im Kopf, sonst hätte ich sie abgeschrieben.

Oben auf dem Gipfel, auf dem Platz vor der kleinen Kirche, die an das Klostergebäude angebaut ist, genießt man eine der schönsten Aussichten, die ich je in meinem Leben gesehen habe. Der Cerbiatto war vor dem Klostertor geparkt, und auf dem Kirchplatz war niemand. Das Gras wuchs zwischen den Steinen des ländlichen Kopfsteinpflasters. In den Wäldern ringsum sangen die Vögel ihre Frühlingslieder; vor allem die Amseln und die Kuckucke verkörperten eine Fröhlichkeit... eine Fröhlichkeit, daß man schon nach kurzem Zuhören den Eindruck bekam, das Leben, das man führe, sei verfehlt, schau, ich spreche von meinem Leben, das ja wie das Leben der großen Mehrzahl aller andern Menschen ist, die in den großen und kleinen Städten leben und arbeiten... Wenn man den Vögeln zuhörte – im Frieden des Kirchplatzes auf der Hügelkuppe –, kam einem der Gedanke, daß eigentlich sie recht hatten, daß auch für den Menschen das einzig lebenswerte Leben dasjenige auf dem Land, in den Wäldern, auf den Bergen, in der Einsamkeit und Freiheit ist. Es war bereits später Nachmittag. In der Sonne sah der Dunst über der lombardischen Ebene, die sich gegen Osten im Unendlichen verlor, wie leichter Goldstaub aus. Als ich mich umwandte und vor der Steinmauer stand, sah ich in der Tiefe, zwischen dem dunklen Grün der fernen Ufer, den großen blauen Spiegel des Sees. Und in der Höhe, die schwarzen Berge überragend, die riesigen glitzernden Gletscher und Spitzen des Monte Rosa.

Aber während ich schaute und alles bewunderte, überlegte ich mir, wie ich das Kloster betreten und es fertigbringen könnte festzustellen, ob sich tatsächlich hier der Ex-Funktionär versteckt hielt. Ich kam zu dem Schluß, daß es nur einen sicheren Weg gab, wenn ich die Instruktionen meines Vorgesetzten beachten wollte. Und ich bereitete mich darauf vor, daß ich mich bis zum anderen Morgen gedulden mußte. Ich ging wieder zu meinem Wagen hinunter. Dort wartete ich auf den Cerbiatto, den ich auch nach einigen Stunden vom Kloster herabfahren sah. Ich folgte ihm auf der Rückfahrt bis nach Borgomanero. Ich übernachtete in Borgomanero. Ich hätte in der Kaserne schlafen können, aber ich zog es vor, nicht aufzufallen, und ging in ein Hotel; ich besaß einen alten gefälschten Personalausweis, auf dem ich als Agrartechniker figurierte. Früh am nächsten Morgen wartete ich wiederum auf Sirombo und seinen Cerbiatto – bis ich ihn gegen elf Richtung Novara abfahren sah. Da ließ ich ihn endlich sein und kehrte zum Kloster zurück. Von Borgomanero aus war ich mit dem Appia – nun, da ich meine Geschwindigkeit nicht mehr derjenigen des Cerbiatto anpassen mußte – in etwa zwanzig Minuten dort.

Der Bruder Pförtner, der mir öffnete, sah nicht besonders intelligent aus; er war jung, seine Lippen schwollen rot aus dem kastanienbraunen Bart, er hatte blaue, wäßrige, unruhige Augen, ein Sopranstimmchen und ein Lächeln, das im ersten Augenblick sehr nett wirken mochte – aber dann merkte man sofort, daß das absolut unbegründet war. Ich sagte ihm, ich wolle den Pater Prior sprechen; Herr Sirombo, der aus der Firma von Borgomanero, schicke mich.

›Aha, der von der Fernsehfabrik!‹ sagte der Bruder; er war anscheinend selig, sofort begriffen zu haben, worum es ging. ›Nur herein… Aber schauen Sie, Sie dürfen nicht mit dem Pater Prior sprechen… Er gibt sich nicht mit diesen Dingen ab… Sie müssen mit Bruder Nazzàro sprechen…‹

›Mit Bruder Nazzàro?‹

›Ja, mit dem Bruder Schneidermeister… kommen Sie, ich begleite Sie…‹

Wir durchquerten zwei Klosterhöfe und dann einen langen Gang. Im Hintergrund ging ein quadratisches Fensterchen direkt auf den Wald, der wie ein weiter Mantel zur Mulde von Invorio hinabfloß. Weiter drüben war die Ebene; und in der Ferne sah man zwischen den Streifen der Felder und Wiesen, die sich ins Unendliche hinzogen, alle Dörfer – vielleicht bis Novara – verstreut; das eine da, das andere dort, jedes mit seinem feinen Campanile und seinen niedrigen Häusern.

›Schön, nicht?‹ sagte der Bruder hinter mir. ›Wissen Sie, daß man an Tagen, da ein Wind geht, sogar ohne Fernrohr die Kuppel von San Gaudenzio sieht? Bitte, wollen Sie so gut sein!‹ Er ließ mich in ein riesiges Zimmer eintreten, in welchem zwölf oder vielleicht fünfzehn Fenster, die ebenso klein und quadratisch waren wie dasjenige im Gang, sich ebenfalls gegen die Ebene hin öffneten, so daß Sonne, Licht und Luft von allen Seiten hereindrangen und die traurige Wirkung, welche das Zimmer sonst gehabt hätte, milderten: ein Saal, in dem in Reih und Glied, mit grauem Filz bedeckt, große Tische standen, an welchen jene Knaben in den braunen Kutten und mit den geschorenen Haaren in vollkommenem Schweigen über ihre Arbeit gebeugt saßen, die darin bestand, braune Gewänder – alle aus demselben Stoff und von derselben Farbe – zuzuschneiden und zusammenzuheften. Links im Hintergrund führte eine große Tür in einen andern Raum, aus welchem ein mechanisches Getöse kam und wo ich tatsächlich die Nähmaschinen versammelt sah. Der Bruder Pförtner sagte mir, ich solle hier warten, und entfernte sich rasch in einen andern Raum.

Ich wartete in einer Ecke. Die Knaben arbeiteten weiter, ohne auf meine Gegenwart zu achten. Zum Glück waren die Fenster geöffnet. Denn auch so entströmte den Tischen und jenem Stoff ein übler, stickiger Geruch.

Der Bruder kam fast sogleich zurück. Es folgte ihm ein kahler, bärtiger Mann, dem der kurze, graue Bart trotz des Alters ein außergewöhnlich kräftiges Aussehen verlieh. Auch er trug, genau wie der Bruder Pförtner, die Ordenskutte. Es war zweifellos Bruder Nazzàro, der Schneidermeister. War es Carutti? Das konnte ich noch nicht sagen.

Er empfing mich sehr unwirsch, stieß mich sofort wieder in den Korridor hinaus, woher ich gekommen war.

›Wer sind Sie? Was wünschen Sie?‹

›Entschuldigen Sie die Störung‹, sagte ich und versuchte, seinen Blick festzuhalten; aber seine kleinen grauen Augen entwischten mir. Und zudem hatte er mich, um mir nicht ins Gesicht schauen zu müssen, weiterzugehen gedrängt.

›Der Bruder hätte Sie nicht hereinlassen dürfen. Wir haben hier Klausur. Außerdem wird, wie Sie gesehen haben, gearbeitet, und ich bin sehr beschäftigt. Sprechen Sie, sprechen Sie, während wir gehen.‹

Ich sagte, ich sei neu in der Gegend und hätte kürzlich im Gebiet der Steinbrüche von Ameno, nicht allzuweit vom Kloster entfernt, eine Villa gekauft; und ich wolle einen Fernsehapparat einrichten lassen, fürchte jedoch, das Fernsehen funktioniere noch nicht richtig in dieser Gegend. Ich hätte am vergangenen Abend in Borgomanero Herrn Sirombo kennengelernt, der mir gesagt habe, er habe hier einen Fernsehapparat eingerichtet, und der funktioniere ausgezeichnet, was ich persönlich feststellen könne, falls ich wolle…

›Es ist nicht möglich, daß Sirombo Ihnen gesagt hat, Sie sollen hierherkommen‹, schnitt mir der sogenannte Bruder Nazzàro das Wort ab, ›denn er weiß sehr wohl, daß hier Klausur ist und daß keine Fremden eintreten können. Bruder Cosma‹ – er wandte sich an den Pförtner –, ›begleite den Herrn in den Speisesaal und stell den Fernsehapparat ein, es reicht, wenn er einen Augenblick lang hinschaut, um festzustellen, daß der Apparat läuft. Dann führst du ihn sofort aus dem Kloster. Du weißt, daß der Pater Prior keine Fremden will. Guten Tag.‹

Und ohne mir die Hand zu reichen, ohne mich überhaupt anzuschauen, kehrte er mir den Rücken zu und ging in die Schneiderei zurück.

Die Härte, mit der er den Bruder Pförtner gescholten hatte, war eindeutig die eines Menschen, der zu befehlen gewohnt ist. Aber das war kein Beweis. Der Beweis…

Das erste, was ich sagte, als ich wieder bei meinem Vorgesetzten in Casale war – kaum hatte ich ihm einen knappen Bericht erstattet –, das erste, was ich sagte, war folgendes: ›Ich will jetzt nach Turin gehen und versuchen, mir eine Photographie von Carutti zu verschaffen … vielleicht in einem Archiv … vielleicht in alten Veröffentlichungen des Regimes.‹

Er hielt mich mit der Hand auf; lächelnd öffnete er eine Mappe, die vor ihm lag, und drehte sie zu mir hin: ›Schauen Sie mal, erkennen Sie ihn wieder?‹

Es waren verschiedene Bilder von Carutti. Ein einziges hätte schon genügt. Auf den Photographien hatte er noch Haare, aber wenige. Und er besaß keinen Bart. Aber die grobe Form des Gesichts und die kleinen Schweinsäuglein … Es waren keine Zweifel möglich. Bruder Nazzàro, das war er. Was sollte ich jetzt tun?

›Nichts‹, antwortete mein Vorgesetzter. ›Sie haben genau Ihre Pflicht erfüllt, und das gereicht Ihnen zur Ehre. Ich werde Sie nicht vergessen. Sie schreiben mir jetzt ein schönes Protokoll, für mich persönlich. Tun Sie das in aller Ruhe, und dann, wenn es Ihnen gerade paßt, kommen Sie zu mir und übergeben es mir. Danach sollen Sie die Sache vergessen. Sie, Sie haben in dieser ganzen Geschichte nichts entdeckt, nichts davon gewußt, nie etwas davon geahnt. Verstanden? Ach, und natürlich werde ich Sie so bald als möglich versetzen lassen. Fassen Sie diese Versetzung nicht als Strafe auf; ganz im Gegenteil. Um Ihnen das zu beweisen: Sagen Sie, wohin Sie versetzt sein möchten, und wir werden unser Möglichstes tun, Sie zufriedenzustellen. Denken Sie darüber nach und lassen Sie es mich wissen. Aber lassen Sie mir, wenn möglich, eine Wahl zwischen drei oder vier Stellen. Und jetzt: Alles Gute und auf Wiedersehen.‹

Zwei Wochen später ging ich von V. weg. Ich war versetzt worden. Jetzt, da der gute Flock nicht mehr lebte, wäre es für mich sehr traurig gewesen zu bleiben. Schon beim Gedanken, daß ich an jenem Tor vorbeigehe …«

Gigi erhob das Glas. Er war gerührt: »Trinken wir auf das Wohl von Flocks Seele!«

»Weshalb?« fragte ich lachend. »Du glaubst also, daß die Hunde eine unsterbliche Seele haben?«

»Nun, ich glaube jedenfalls, es ist wahrscheinlicher, daß eine unsterbliche Seele in einem Hund wie Flock ist als in einem Menschen wie dem Ingenieur Midana-Marazi.«

© Effigie, Giovanni Giovanetti

Mario Soldati, geboren 1906 in Turin, blieb sein Leben lang im Norden Italiens verwurzelt. Nach dem Besuch der Jesuitenschule studierte er Literaturwissenschaft in Turin und Kunstgeschichte in Rom. 1929 konnte er seinen ersten Erzählband *Salmace* veröffentlichen. Im selben Jahr erhielt er ein Stipendium an der Columbia University in den USA, wo er bis 1931 blieb – ein Auslandsaufenthalt, der ihm wegen seiner antifaschistischen Haltung sehr gelegen kam. Zurück in Italien, schrieb er am Ortasee ein Buch über diese Zeit, *America primo amore*. 1943 fuhr er von Rom, wo er inzwischen wohnte, mit Zug und Fahrrad Richtung Neapel ins demokratische Italien, kehrte aber direkt nach der Befreiung Roms zurück.

Soldati lebte fortan meist zwischen Rom und Mailand, arbeitete als Journalist, Regisseur und Drehbuchautor sowie als Schriftsteller. Er schrieb über vierzig Drehbücher und führte bei mehr als dreißig Filmen Regie, darunter viele Abenteuerfilme und Komödien. Anerkennung finden heute vor allem seine frühen Produktionen, so der Kriminalfilm *Fuga in Francia* (1948) – Soldatis Beitrag zum neorealistischen Kino – und insbesondere die Literaturverfilmungen, etwa *Piccolo mondo antico* (1940) und *Malombra* (1942) nach Romanen von Antonio Fogazzaro und *La Provinciale* (1953) nach einer Vorlage von Luigi Malerba. In acht Filmen stand er selbst vor der Kamera, und bei berühmten Filmen wie *Krieg und Frieden* (1956) oder *Ben Hur* (1959) wirkte er als Co-Regisseur mit.

Auch literarisch war Soldati ungeheuer produktiv, er veröffentlichte über zwanzig Romane, mehr als zehn Erzählbände sowie Reiseberichte, Gedichte, Theaterstücke, Erinnerungen und Portraits. Nachdem er 1950 für *La giacca verde (Die grüne Jacke)* den Premio San Babila erhalten hatte, wurde der mit dem Premio Strega ausgezeichnete Roman *Le lettere da Capri (Briefe aus Capri)* 1954 sein erster großer Erfolg, dem *Il vero Silvestri* und *La busta arancione* folgten.

1957, bei den Dreharbeiten für die vielbeachtete Fernsehserie *Viaggio nella valle del Po alla ricerca dei cibi genuini*, lernte Soldati den Maresciallo Arnaudi kennen: einen in den Norden verpflanzten Süditaliener. Er wurde zum Vorbild für Gigi Arnaudi in *I racconti del Maresciallo*, die als einzelne Geschichten 1963 in der Tageszeitung ›Il Giorno‹ erschienen und 1967 als Buch veröffentlicht wurden. Auf die Fernsehserie von 1957, in der sich Soldati auf die Suche nach ursprünglichen Gerichten des Piemont machte, folgte 1969 der erste Band von *Vino al vino. Viaggio alla ricerca di vini genuini*, eine Geschichte des Weins und zugleich ein lebhaftes Porträt Italiens. Soldati war einer der ersten, die den Spuren des alten Italien, der *Italietta*, nachgingen, wie es später etwa Pasolini tat. Küche und Wein ziehen sich auch durch die *I racconti del Maresciallo*, wo Arnaudi seine Geschichten meist bei Tisch vor einladenden Köstlichkeiten und einem guten Glas Wein erzählt, eine Verbindung, die sich später bei Commissario Brunetti oder Montalbano wiederfindet. Nach der beliebten Fernsehserie *Fälle des Maresciallo* erschienen 1985 die *Nuovi racconti del Maresciallo*. Sie wurden in Krimiform direkt für das Fernsehen geschrieben und schon ab 1984 ausgestrahlt.

Eine Gastprofessur für Film und italienische Literatur an der Berkeley University of California führte Soldati 1973 erneut in die USA. Weitere Preise folgten, etwa der Premio Bagutta 1976 für *Lo specchio inchinato*. 1977 erschien *La sposa americana (Die amerikanische Braut)*.

1999 starb Mario Soldati im norditalienischen Tellaro, bei La Spezia, wo er seine letzten Jahre verlebt hatte.

M. B.

MARIO SOLDATI BEI WAGENBACH

Briefe aus Capri   Roman

Ein amerikanischer Intellektueller ändert für eine sinnliche Römerin sein Leben. Ein Roman über das Begehren und die Liebe: Soldati erhielt dafür den angesehensten italienischen Literaturpreis Premio Strega.

»Liebe und Begehren – in der Analyse emotionaler Verstrickungen ist Soldati verblüffend zeitlos.«   Conradin Wolf, Berner Zeitung

Aus dem Italienischen von Herbert Schlüter
WAT 330. 320 Seiten

Die amerikanische Braut   Roman

Ausgerechnet im Augenblick des Ja-Wortes vor dem Altar einer piemontesischen Kirche blickt Edoardo der besten Freundin seiner amerikanischen Braut in die Augen.

»Es ist eine Binsenweisheit, daß die eine Frau hat, was der anderen fehlt. Mario Soldati macht daraus eine spannende, faszinierende Geschichte.«   Klara Obermüller, FAZ

Aus dem Italienischen von Heinz Riedt
WAT 349. 176 Seiten

Die grüne Jacke   Erzählung

Mit psychologischer Meisterschaft erzählt Soldati die Geschichte einer Haßliebe zwischen zwei ungleichen Musikern: der eine, hochbegabt, erfolgreich und eitel, der andere ein armer kleiner Pauker.

»Mario Soldati, eine literarisch-visuelle Doppelbegabung!«   FAZ

Aus dem Italienischen von Fritz Jaffé
WAT 381. 128 Seiten

KRIMINALGESCHICHTEN AUS ITALIEN

ANDREA CAMILLERI
Der unschickliche Antrag   Roman

Ein höchst komischer Roman aus Sizilien über die Wirren, Intrigen, Verhaftungen, Morde und Liebesdramen, die ein einfacher Antrag auf ein Telefon auslöst.

Aus dem Italienischen von Moshe Kahn
Quart*buch*. Gebunden. 280 Seiten

ANDREA CAMILLERI
Die Mühlen des Herrn   Roman

Die Mühlen des Herrn mahlen langsam. Und ein gewisser sizilianischer Mafioso, der sich an den Mühlen bereichert hat, gerät in arge Bedrängnis.

»An alle gestreßten Frauen und Männer, die keine Zeit für Bücher haben. Camilleri verbraucht keine Minute. Er zaubert euch Zeit herbei. Probiert es, lest Die Mühlen des Herrn*!«*   Rafik Schami

Aus dem Italienischen von Moshe Kahn
Quart*buch*. Gebunden. 224 Seiten

ANDREA CAMILLERI
Die Ermittlungen des Commissario Collura

Commissario Cecé Collura muß als Bordkommissar die wunderlichsten Fälle lösen. Ein sehr vergnügliches Buch über seltsame Gäste auf einem großen Schiff.

Aus dem Italienischen von Moshe Kahn
WAT 476. 96 Seiten

MARIO FORTUNATO
Die Kunst, leichter zu werden   Roman

Auf einer Insel im Mittelmeer führt ein Verbrechen ganz unterschiedliche Menschen und Lebensläufe zusammen.

»Fortunato beherrscht sein Handwerk mit schlafwandlerischer Sicherheit und jongliert perfekt mit Handlungsfäden, Personen-Skizzen und literarischen Motiven.«   Frank Dietschreit, Sender Freies Berlin

Aus dem Italienischen von Moshe Kahn
Quart*buch*. Leinen. 240 Seiten

ITALIEN IM *SVLTO*

ALBERTO MORAVIA   Ach, die Frauen   Erzählungen

Eine Auswahl aus über dreihundert Erzählungen, die Moravia als legitimen Nachfahr der italienischen Novellisten zeigt: Was zählt, ist die Liebe. Wie gewinnt man sie, wie verteidigt man sie, wie geht sie verloren?

Ausgewählt von Klaus Wagenbach
SVLTO. Rotes Leinen. Fadengeheftet. 128 Seiten

SIGNORA, SIGNORINA
24 Geschichten über Italiens Frauen

Literarische Einladung zu einer Generalversammlung italienischer Frauen.

»Wenn wir uns nun Italien zuwenden, sage ich, daß es auch hier nicht an den vortrefflichsten Damen fehlt.«
Baldassare Castiglione (1478–1529)

Gesammelt von Susanne Schüssler und Hans-Gerd Koch
SVLTO. Rotes Leinen. Fadengeheftet. 144 Seiten

ANTONIO TABUCCHI   Die Frau von Porto Pim
Geschichten von Liebe und Abenteuer

Dieser Band sammelt die schönsten Geschichten Tabucchis von den Abenteuern der Liebe, der Sprache, der Zeit.

»Tabucchis Erfolg als Erzähler verdankt er seiner knappen und kurzen Sprache, die ohne große Effekte auskommt. Einmal mehr erweist er sich als erzählender Kavalier: gebildet, höflich, geduldig, sittsam und sprachmächtig.«   Thomas Feibel, Frankfurter Rundschau

Aus dem Italienischen von Karin Fleischanderl
SVLTO. Rotes Leinen. Fadengeheftet. 80 Seiten

Wenn Sie mehr über den Verlag und seine Bücher wissen möchten, schreiben Sie uns eine Postkarte (mit Anschrift und ggf. E-Mail). Wir verschicken immer im Herbst die *Zwiebel*, unseren Westentaschenalmanach mit Gesamtverzeichnis, Lesetexten aus den neuen Büchern und Photos. *Kostenlos!*

Verlag Klaus Wagenbach
Emser Straße 40/41   10719 Berlin   www.wagenbach.de

Die Fälle des Maresciallo von Mario Soldati erschien im August 2006 als 138. *SVLTO.*

Die Fälle wurden aus dem Band *I racconti del Maresciallo* ausgewählt, der erstmals 1967 bei Arnoldo Mondadori Editore in Mailand erschien.

Auf deutsch erschienen die Erzählungen zuerst 1970 unter dem Titel *Die Geschichten des Kriminalkommissars* bei Walter in Olten und Freiburg im Breisgau.

1. Auflage im August 2006

Umschlaggestaltung: Julie August unter Verwendung einer Fotografie von Walter Vogel, © IMAGNO/Walter Vogel. Gesetzt aus der Sabon. Gedruckt und gebunden auf chlor- und säurefreiem Papier (Schleipen) von Clausen & Bosse, Leck. Printed in Germany. Alle Rechte vorbehalten.

ISBN-13:   978 3 8031 1237 8
ISBN-10:   3 8031 1237 0

9 783803 112378